浅草鬼嫁日記　五

あやかし夫婦は眷属たちに愛を歌う。

友麻　碧

富士見L文庫

目次

浅草鬼嫁日記　登場人物紹介

あやかしの前世を持つ者たち

前世
鵺《ぬえ》

夜《や》鳥《とり》(継見《つぐみ》)由《ゆ》理《り》彦《ひこ》

真紀たちの同級生。人に化けて生きてきたあやかし「鵺」の記憶を持つ。現在は叶と共に生活している

前世
茨木童子《いばらきどうじ》

茨《いばら》木《き》真《ま》紀《き》

かつて鬼の姫「茨木童子」だった女子高生。人間に退治された前世の経験から、今世こそ幸せになりたい

前世
酒呑童子《しゅてんどうじ》

天《あま》酒《さけ》馨《かおる》

真紀の幼馴染みで、同級生の男子高校生。前世で茨木童子の「夫」だった「酒呑童子」の記憶を持つ

前世からの眷属たち

《酒呑童子 四大幹部》

熊《くま》童《どう》子《じ》

虎《とら》童《どう》子《じ》

いくしま童子《どうじ》

ミクズ

《茨木童子 四眷属》

深《み》影《かげ》

水《すい》連《れん》

木羅々《きらら》

凛《りん》音《ね》

周辺人物

おもち

津《つ》場《ば》木《き》茜《あかね》

前世
安倍晴明《あべのせいめい》

叶《かのう》冬《とう》夜《や》

真夜中の東京湾岸にて、銃声が響く。

コンテナの並ぶ工場地帯に〝隠遁《いんとん》の術〟が張り巡らされ、今しがた呪術を交えた銃撃戦が繰り広げられた。

狩人《かりゆうど》と呼ばれる、あやかし狩りの密猟者との戦闘だった。捕らわれたあやかしを助け出すため、陰陽局《おんみようきよく》と協力体制で敷いた包囲に奴らを追い込んだ形だ。

俺、浅草《あさくさ》地下街あやかし労働組合の組合長・灰島大和《はいじまやまと》は、狩人たちが放棄したクルーザーに乗り込み、浅草より攫《さら》われたあやかしたちを助け出す。

「ぼっちゃん、大和ぼっちゃん」

「助けてくださると思っていました、ぼっちゃん……っ！」

捕らわれていたあやかしたちは口々に俺の名を呼び、安堵《あんど》していた。手鞠河童《てまりかっぱ》から、人間に化けて普通に生活していた奴までが、攫われてここにいる。

「無事か、みんな。一乃《かずの》は……っ」

「私はここだよっ、ぼっちゃん。すまないね、私がヘマをしたばかりに、こんな」

うちの組合員であり、浅草地下街にある事務所の受付でもある〝ろくろ首太夫《たゆう》〟の一乃も、昨日より行方不明だった。狩人に攫われた痕跡《こんせき》をかろうじて残してくれたこともあり、今回すぐに救出に赴くことができたのだった。

足を怪我していた一乃を背負い、あやかし狩りに使用されたクルーザーから連れ出す。

ここ最近、狩人の動きが派手すぎる。

あと少し遅れをとっていれば、一乃たちを助け出すのは困難だっただろう。

非道で大胆な、奴らへの苛立《いらだ》ちと焦りが募って震えてしまいそうだが、なんとか平静を保ち、矢加部《やかべ》に一乃を預けて俺は仕事を続けた。

「助かりました青桐《あおぎり》さん。こちらの要請を聞き入れてくださって」

「いえ、我々も狩人には手を焼いておりましたから。しかし奴らは、堂々と浅草のあやかしに手を出してしまいましたか」

「これは浅草の結界を突破されたこちらの失態です。浅草地下街だけで対処できればよかったのですが……俺の力が、無いばかりに。感謝いたします」

俺は陰陽局スカイツリー支部の青桐拓海《たくみ》さんに、深く頭を下げる。

この人は狩人の問題にも積極的で、今回の戦闘でも優秀な術師を配置してくれた。

「あなた方とは今後も良い関係を続けていきたいと思っていますし、持ちつ持たれつですよ。……あ、はい茜《あかね》君。え、一人逃した？　なるほど。あの〝ライ〟がいたわけですか」

青桐さんが耳元の通信機に手を当て、逃げた狩人を追いかけた津場木《つばき》茜と会話している。

クルーザーを乗り捨てて逃げた狩人のほとんどは捕まえたらしいが、一人要注意人物がいたらしく、その者は捕えることができなかった、と。

狩人の中でも、特別異端児と呼ばれている……コードネーム〝ライ〟。

「今回のことを、あの人たちにもお話しされますか？」

「あの人たち……天酒《あまさけ》や茨木《いばらき》のことでしょうか、青桐さん」

「ええ。彼らがこの事件を知れば、狩人はあの大妖怪《ようかい》から、どれほどの怒りを買うでしょうね。類《たぐ》い稀《まれ》なお力を貸していただけるかも」

「いや……それはダメです。あいつらはもう人間で、そしてただの高校生だ。あいつらの存在が狩人に意識されてしまうことが怖い」

冷たい海風に吹かれつつ、俺と青桐さんは黒い海を挟んだ、遠く闇夜に浮かび上がる都会の摩天楼を見据えていた。

「あなたは不思議な人ですね。特別な力があるわけでもないのに数多くのあやかしに慕われ、あの二人の前世に縁があるわけではないのに、彼らの平穏を守ろうとする。しかしそういうあなたであればこそ、あの元大妖怪の夫婦から助力が得られると思うのですが……すみません、私今、かなり失礼なことを言いましたね」

口元を押さえる青桐さんに対し、「いえ」と淡白に返す俺。

あいつらに力を借りれば、確かに楽に解決できることはあるのかもしれない。だけど、なぜだか彼らの平穏を、守らなければならないと強く思ってしまう……

「あいつらは、あやかしたちが平和に暮らせる浅草を、好きだと言ってくれる。あいつらが浅草で平和に暮らしている限り、俺は自分の仕事を誇りに思うでしょう。だからこそ、人間たちの醜い部分に、あいつらを巻き込みたくない」

「……そう、ですか」

青桐さんは俺の回答に、納得したのか、どうなのか。闇夜より、すっと背後に現れた黒狼に「ルーさん、そろそろ」と合図をする。

狼の遠吠《とおぼ》えが一帯に響き、広範囲に亘《わた》る隠遁《いんとん》の術が解除された。

緊張が緩み、夜の冷え込みに震えていたら、側役の矢加部がコートを肩にかけてくれた。

「ぼっちゃん。風邪をひいてはいけませんから」

「おう、すまねえ矢加部。日をまたいじまったが、やることはいっぱいあるからな」

「今日、バレンタインですよぼっちゃん」

「……マジで？　はあ。縁がねえなあ」

そして俺は、仲間たちとともに浅草へと帰る。

頭と胃が痛くなるほどの数多くの問題に、表情を引き締めながら。

第一話　はじまりのバレンタイン（上）

「おもちちゃんいくよー。鬼はー外、福はー内」

「ぺひょ〜っ！」

「わっ、なになに⁉」

私、茨木真紀《いばらきまき》が、千夜《せんや》漢方薬局の扉を開けると、ちょうどペンギンの雛《ひな》の容姿をしている〝おもち〟によって豆を投げつけられた。

そう。今日は二月三日。節分だ。

おもちは節分の意味も分かっていないみたいだが、私たちに向かって豆を投げつけるのは楽しいみたいで、夢中になって豆まきをしている。

共にここへやってきた天酒馨《あまさけかおる》は、私の隣で豆をガードしつつぼやいた。

「下校早々、豆を投げつけられるとは思わなかったな」

「まあ確かに、私たちは鬼だったけど」

私は茨木童子《どうじ》、馨は酒呑童子《しゅてんどうじ》と呼ばれていた鬼だった。

自分で言うのもなんだけど、あやかし界では知らない者はいない、最強の大妖怪。

だけど茨木童子と酒呑童子が、かつて夫婦だったってことは、知る人ぞ知る真実かもしれないわね。というわけで私も豆まきに参戦。

「おもち～、こっちのパパ鬼さんに豆を投げつけなさい。ママが手本を見せてあげる」

「いてっ、いてて。やめろ真紀！　お前が豆を投げたらそれもうマシンガン級の殺傷能力を持ってしまうから！」

眷属《けんぞく》の八咫烏《やたがらす》・ミカが持ってきてくれた升の豆を、元眷属の水蛇《みずち》・スイによって鬼の面をつけられた馨に投げつけた。馨はスクールバッグを盾にスイの店より一時退散。

「ふう、鬼退治成功。やったわね、おもち」

「ぺひょ～」

ガッツポーズしつつ、今度は福は内ってことで室内に豆を撒《ま》く。おもちもペシッと、豆を畳の上に投げつけていたが、

「……ぺ……ひょ……」

段々と撒かれた豆が美味《おい》しそうに見えてきたのか、それを拾ってもぐもぐ食べ始めた。

うーん、食いしん坊。

「鬼はー内、福はー内」

「あらミカ。鬼も内側でいいの？　それじゃあ邪気払いできないわよ」

ミカが変わった豆まきをしていたので、私は不思議に思った。

　ミカは堂々と「よいのです！」と答える。

「今日テレビで見たんですけど、鬼を祀《まつ》る寺社などは〝鬼は内〟と言うみたいですよ、茨《いばら》姫《ひめ》様。僕たちにとって鬼は訪れてもらわなければならない存在ですから」

　そんなミカの思いやりに誘われたのか、馨がお面を外して、玄関先からこちらを覗《のぞ》いている。

　お疲れ様パパ。おもちはもう豆まきより、豆を食べることに夢中になっているわ。

　ちょうど居間のこたつの上に、スイが様々な豆を用意していた。

「さあさあ、みんなも豆を年齢の数だけ食べて。俺の酒のつまみのつもりで買った、落花生やアーモンド、カシューナッツもあるから。あ、あと千葉屋《ちばや》の〝大学いも〟と〝切揚も〜」

「わあ、私とおもちの大好きな千葉屋の！」

　千葉屋とは浅草の言問通《ことといどお》りにある、大学芋の専門店だ。芋好きなおもちがこよなく愛する大学芋なので、これを目にしたらもう大変。

　いつもなら可愛く「ぺひょ〜」っておねだりするのに「べひょべひょべひょっ！」って羽をばたつかせて興奮する。今も膝《ひざ》の上で暴れている。

　でもそれだけ美味しいの、千葉屋の大学芋って。

　普通、揚げたさつまいもの周りに甘くて少ししょっぱい蜜《みつ》が絡まっているのが大学芋だけれど、これは中までムラなく蜜がしみ込んでいて、しっとり美味しい。甘さも程よくて、思わず沢山食べてしまうのよね。

「ふふん。これは僕が午前のうちにお使いに行って買ってきたんですよ！」

「まあミカのお使い？　偉いわねえ。切揚の方はすぐに売り切れちゃうから、私、久々に食べるわ」

切揚は大学芋と少し違って、薄く切って揚げたさつまいもに、おなじみの蜜を絡めたもの。ちょっと厚めのさつまいもチップスってところかしら。パリパリしていてとっても美味しいんだけど、人気商品ですぐに売り切れてしまう。

この大学芋と切揚には、スイの淹《い》れてくれた濃いめの緑茶がよく合うわー……

「はあ……幸せ」

ほくほくでほっこり。豆も歳の数だけ食べましたとも。

「でも、年齢の数だけ豆を食べないといけないのなら、スイやミカなんて大変な数を食べることになるわねえ」

「まあね。千粒以上食べなきゃだからね。でも、言っとくけど生きてきた年月でいえば俺よりミカ君の方がずっと歳上で、それはもうとんでもなく豆が必要だよ。……精神的には小学五年生って感じなんだけど」

「誰が小学五年生だ！　くたばれスイ～っ！」

「ほーらこれだ。やっぱり小学五年生並み」

ミカがスイをぽかぽか叩《たた》こうとするのを、片手で頭を押さえ込みながら、やれやれと余裕の呆《あき》れ顔でいるスイ。

兄弟眷属のいつもながらの喧嘩《けんか》が始まりそうだったので、両者を宥《なだ》めた。

「まあまあ。ミカは永遠の末っ子体質なだけよ。スイが大人でしっかりしてるってのもあるけれど。長生きしすぎると、実際の年齢はあまり関係なくなるわ」

するとスイは褒められたのだと解釈し、「まあ俺は大人の男だよね」と鼻高々になる。

「大人っていうか、おっさんに片足を突っ込んでる感じがするが」

「馨君に言われたくないんだけど。高校生のくせに色々枯れてるじゃん、君も十分」

「うるせえな、これでも少年漫画を愛読する真っ当な男子高校生だ」

「知ってる？　最近はおっさんの方が熱心に少年漫画を読んでるらしいよ？」

「……え？　マジ？」

馨とスイのどうでもいいだらだらした会話を聞きながら、おもちが嘴《くちばし》にべったりと大学芋の蜜をつけていたのでそれを拭《ふ》き取る。ミカが気を利かせてウェットティッシュを持ってきてくれたのだった。

「あ、そうそう。ねえスイ、最近凛音《りんね》を見なかった？　年末以来、ずっとあの子を見てないのよね」

「リン君～？　さあねえ、あんな不良弟は知りません」

スイはこんな感じだが、ミカはピンとくることがあったみたいで、

「僕一度だけ見ましたよ、茨姫様」

「え、ミカ本当⁉」

「ええ。スイの薬を南千住のお得意様に届けに行った時、空の上から見つけました。凛音は高い建物の屋上にいたのですが、何をしていたのかまでは……」

「……そう」

「凛音が何を考えているのか、それをこの〝黄金の瞳《ひとみ》〟で探ろうかとも思いましたが、奴もまた同じ瞳を持っている為、力が相殺しあい、探れず。申し訳ありません……」

ミカはしゅんとしていたが、私は彼の頭を撫《な》でて「いいのよ」と優しく声をかけた。

ミカは今、凛音に片方の瞳を奪われている為、右目に眼帯をしている。凛音は何か目的があり、かつての仲間であるミカの黄金の瞳を奪った。

そんな凛音のお騒がせ行動には度々頭を悩ませているが、どこか遠くへと行ってしまった訳ではないのなら……またどこかで会えるでしょう。

彼の行動は、すべて私に繋《つな》がっているから。

「そうだ、ミカ。ずっと聞こうと思ってたんだけど、木羅々《きらら》のことを何か知ってる？」

「……木羅々、ですか」

「千年前、あなたが苗木を持っていたでしょう？」

ミカの表情が曇った。

木羅々とは、茨姫の四眷属の一人であった藤の木の精霊のことだ。

酒呑童子と茨木童子が生み出した狭間《はざま》の国《くに》の、結界守《もり》でもあった。

しかし千年前、ミクズという九尾の狐のあやかしに燃やされ、苗木だけが生き残りミカがそれを持っていたはずなのだが……

「木羅々の苗木は、狭間の国陥落ののち、僕が保護していたのですが……途中頼光《よりみつ》の手の者に追われ、僕は木羅々をある森に、隠すように植えたのです。奴らに見つかりにくい場所に。その後何度か木羅々を捜しに行ったのですが……」

「自分でも見つけられなくなったんだよねー、ミカ君は」

「あっ、勝手に言うなスイ！」

先に暴露され、顔を真っ赤にしながらぽかぽかとスイを叩くミカ。

しかし、なるほど。木羅々の苗木はちゃんとどこかに植えられているのか。

「大まかな場所もわからないのか？　いつか捜しに行って、俺の結界能力で見つけ出すこともできるかもしれないぞ」

「⁉」

「ええ、そうね。今の馨の力があれば、その場所を特定することができるわ。だからミカ、安心して。そんな……泣かなくていいのよ」

最後まで木羅々の面倒を見ることができなかった悔いがあるのか、ミカはポロポロ泣いていたので、私は優しく彼を抱き寄せる。

大学芋に夢中だったおもちも、大好きなミカが泣いているとあって、彼に身を寄せ、慰めている。

「僕は木羅々を、富士山の麓《ふもと》に広がる森に植えました。きっとすくすくと育っていると思います。だけど、樹海が広がりなかなか見つけられなくて……っ」

「ああ……」

「富士の樹海か。なら仕方がないな」

顔を見合わせる私と馨。

それは富士山の北西に広がる深い森で、一度踏み込むと出られないなどと言われるほどだが、私は一度も踏み入ったことがないので真相はよく分からない。あやかし界隈《かいわい》でも、あの場所は磁場が狂い、霊力が乱されるとも聞いたことがある。

ミカが見失うほどなので、それはそれは巨大な樹海であり、特別な力を秘めた霊力源点ということだろう。

「そうだねえ……春休みにでも行ってみようか。ここからそう遠くないし、俺がみんなを車に乗せて連れてっちゃうよ～」

「本当!?　スイ」

「もちろん。木羅々ちゃんには俺だって会いたいしねえ。性別不詳だったけど、かわいい子だった……」

「木羅々は木の精霊だもの。性別はないのよ。私は次男坊って呼んでるけど、女同士の親友のようでもあったわねえ」

藤の苗木が育っているかも、その藤にかつての仲間だった木羅々が宿っているかもわからない。……でも、会えるかもしれないという希望が嬉《うれ》しい。

徐々に高揚する私の心に、馨も隣で気がついていた。

「見つかるといいな、木羅々の苗木」

「うん。うん。会いたいなあ」

それは私が、今世確かめなければならないことの一つだと思うから。


スイの薬局から自宅ののばら荘に帰る途中、夕飯の買い物をしてふと目に留まったのは、赤とハートとチョコレートばかりのコーナー。

そうだ。もうすぐバレンタインデー。

「ねえ馨、バレンタインが近いわね」

「え？　おお……」

あれ。馨があからさまにギクリとしたぞ。視線もどこか逸《そ》らしがち。

「私、例年のごとく浅草のみんなに義理チョコを配って回ろうと思っているんだけど、馨も手伝ってくれるわよね？」

「そ、それなんだがな……真紀、すまない。俺、バレンタイン当日にバイトが入ってる」

「ええええええっ!?」

買い物袋を持ったまま、頭を抱える私。

「バイト先のファミレス、風邪が流行《はや》ってて人手が足りなくてな。どうしてもと店長にお願いされてしまったわけだ」

「そ……それは……」

実のところ、馨には特別なチョコレートをあげようと計画していた私。

でもバレンタインを共に過ごす時間もなさそうで、表情が強張《こわば》る。

馨も気まずく申し訳なさそうな顔だ。

「でも……うーん、そっか。それは仕方がないわね。バイト先にはあんたもお世話になってるし。あんたがお世話になってるってことは、私もお世話になってるってことだし」

「本当にすまない……っ！　この埋め合わせはどこかでするから」

パン、と手を合わせ、頭を下げる馨。

馨も、今年のバレンタインはいつもと違うことを、薄々勘づいていたのだろう。

「いいわよ別に。浅草のみんなにチョコレート配るくらい、私一人でもできるし。あんたにはバイトから帰ってきた時にでも渡すわ。期待しといて」

カラッとした口調でそう答えたものの、心の奥底ではいまだ残念な思いが拭《ぬぐ》えない。

でも、馨の申し訳なさそうな顔もこれ以上見たくないので、私は笑顔を作った。

私たちは元夫婦。別にバレンタインとかいう甘ったるいイベントに便乗し愛を伝えなくとも、いつも愛情はたっぷり伝えているのだから。


バレンタイン前とは、女子高生の会話がお菓子作りの云々《うんぬん》に偏るもの。

体育のバレーボールの授業にてちょうどコートの待ち時間に、クラスの友人・七瀬《ななせ》がこの手の話を緩く持ち出す。

「それでね、真紀。私、今年はチョコタルト作ろうと思ってるんだー。部活のみんなと、クラスのみんなに配る」

「……はあ」

「どうしたの、真紀。ちゃんと真紀にもあげるよ？」

「当然ありがたくいただくわ。あんた流石にケーキ屋の娘なだけあって手作りお菓子のレベルが段違いだし。でもそうじゃなくて」

私があからさまなため息をついたせいで、七瀬が首を傾げている。

なんとなく事情を話すと、七瀬は目をぱちくりとさせて、

「へえ、バレンタインの日に天酒がバイト？　ていうか二人はいつの間に付き合い始めたの？」

「へ？」

私、目が点に。なんだか当たり前のように馨とバレンタインを過ごしたかったという話をしたわけだけど、七瀬はきょとんとしてしまっている。

あ、しまった。私と馨は幼馴染《おさななじみ》の間柄だとしか言ってこなかったのに。

「いや、その。だってずっとチョコをあげてきたから」

「ふーん。でも今までバレンタインにこだわってた印象無いなー」

「そ、それは……」

確かに、今年のバレンタインへの意気込みは、今までとは何かがちょっと違う気がする。

それは自覚がある。

今までは家族にチョコをあげるような感覚で、なんとなくイベントに乗っかって馨にもチョコをあげてきたけど……

「ネタの香りがする！　その話もっと詳しく聞かせて～っ！」

「げ、みっちゃん」

新聞部のみっちゃんが現れた！

新聞部特有の凄《すご》い耳で、香ばしい話を聞きつけてやってきたのだ。

みっちゃんいわく、今年のバレンタインではどのような会話とチョコのやり取りがあり、新しいカップルが成立したのかを特集するらしい。あと、人気の高い男子たちのもらったチョコレートの数を集計して、ランキングを作るとかなんとか。

みっちゃんの書く記事は下世話な恋愛ネタが多いのよね……

「今年もどうせ天酒君がぶっちぎりでしょうね～。あ、でもこの前転校してきた夜鳥《やとり》君もいい線いくと思う。ミステリアスかつあの美貌《びぼう》だし。ああ、でもでもー、今年の本命はやっぱり叶《かのう》先生！　大人っぽく、優しく受け取ってくれそうだし～っ、ホワイトデーも期待できる」

「……けっ」

「なんで真紀、やけになってるの？」

みっちゃんの話にも、七瀬のつっこみにもまた「けっけっ」と投げやりな態度で返した。

二人は調子のおかしい私に対し、なぜかニヤニヤしている。

「でも～、茨木さんもそろそろはっきりさせた方がいいと思うよ～」

「何がよ、みっちゃん」

「天酒君との関係だよ〜。二人が幼馴染って通してるから、私にもチャンスあるかもって勘違いする女子がいるんじゃない。バレンタインを機に、天酒君に告白しようって思ってる子、たくさんいるんだから。横から取ってかれちゃうよ〜」

「……はんっ」

「あ、まだやけくそ真紀だ」

みっちゃんや七瀬は私をたきつけるけれど、そもそも取っていくような女がいたらその場で奪い返します。腕力任せで。

でも、私と、馨との関係……か。

前世のことを知るあやかしたちの間では、私たちが元夫婦という関係だったことはすでに知れ渡っている。しかしクラスメイトたちは何も知らない。私たちの関係はいまだ謎である。

はっきりさせた方がいいって言うけれど、それはどうすればいいってことなんだろう。

要するに、付き合ってますって、交際宣言すること？

馨はそれを、望んでいるのだろうか。

もうほとんど夫婦のような関係を、学生たちに合わせて〝付き合っている〟などと言うことを。

放課後、私はいつも通り部室にいた。

一応、民俗学研究部の新入部員ということになっている由理《ゆり》も一緒。

馨はバイトが早めに入っているらしく、先に帰ってしまった。やっぱり最近、馨は忙しくしている。

「でね、由理。みんなが言うわけ。そろそろ私たちの関係をはっきりさせろって」

「それは……確かに一理あるかもね。君たち自身が、意識する為にも」

部室で育てている観葉植物に水やりをしながら、由理が振り返って苦笑した。

由理。夜鳥由理彦《ゆりひこ》。

彼は少し前まで、継見《つぐみ》由理彦という人間に化けていた、鵺《ぬえ》というあやかしだ。

クラス委員長を担うほど、絵に描いたような優等生だったが、名と存在を改め再びこの学校に転校してきてからは、もう普通の生徒として振舞っている。

見た目はほとんど変わらない気もするが、少し雰囲気が変わったかしら。

以前の人間味のある柔らかさが薄れ、妖《あや》しさというか凄みというか、あやかしゆえのミステリアス度が上がった気がする。

まあ、あやかしとして生きることを決めた由理だからこそ、彼の本来の空気感が強く出ているのかもしれない。言われてみれば、千年前の藤原公任《ふじわらのきんとう》の感じに近い。

クラスの女子たちはこの由理の空気感を、謎の色っぽさといって騒ぎ立てているが……

「ねえ由理。あんた叶先生のところにいるんでしょう？　うまくやってる？」

「………………」

由理の目がスーッと色を失う。

「どうしたの由理。ま、まさか……っ、あいつの式神たちに虐《いじ》められてるんじゃないでしょうね!?」

慌てて立ち上がる私。

そんなことなら、やっぱり私が由理を眷属《けんぞく》にするべきだった……っ。

「いや、そういうわけじゃないけどね。ただ式神っていうのはどうしてああも意識が高いんだろうね。特に叶先生の四神ときたら、僕に〝晴明《せいめい》の式神はかくあるべき〟みたいなことをくどくど説いてくる。叶先生……というより安倍《あべの》晴明時代からの式神たちだから、みんなあの人が大好きなんだ」

「な、なるほど。そこに温度差を感じる、と」

「うん」

確かに安倍晴明という男は、昔から式神たちに愛され、常に守られていた。

その絆《きずな》は、私と眷属とのものに負けずとも劣らない。

「なんせ僕は、前世から彼らにあまり好かれてはいなかったからね。どちらかというと安倍晴明をこき使う上司の立場だったから。今度は僕が式神として使われる立場なわけだけど……この状況は四神からしたら愉快だろうね」

はあ、とため息をついては、本気で面倒くさそうな顔をしている由理。

彼がこういう表情を見せてくれるようになったのも、素の自分を出せるようになったということだろうか。

「あ……」

そんな時、由理がふと顔を上げて、中庭に向かって目を凝らした。

「どうしたの、由理」

「いや……話の側からお迎えだ。叶先生の命令で、式神としての任務ってのがあるみたい」

「任務？」

なんだそれと思って、私も中庭の方を見やる。

まだ花の咲かない枝垂れ桜の下に、それはそれは目つきの悪い灰色の亀がいるので、あ……と思ったり。

あれは安倍晴明の式神、玄武《げんぶ》だ。私だって知ってる。一番ウルサイやつ。

「じゃあね真紀ちゃん。僕はこれで」

「えっ、もう帰っちゃうの!? そんなー、馨もいないのに寂しい！」

わーわー騒いで、帰ろうとする由理のコートの裾《すそ》を引っ張るが、由理は困ったように笑いながらも、容赦なく私の手を振るい落とす。むごいよう。

「真紀ちゃんだってお菓子の材料を買いに行くんでしょう？　明るいうちに行った方がいいよ。浅草だって……今はもう、安全とは言えないしね」

そして中庭の窓を開け、ワイルドに飛び出す由理。

あんなにお上品なお坊ちゃんだったのに、なんていうか、野性的になっちゃって。

「あ、そうそう真紀ちゃん。今朝ね、叶先生の星読みの占いで出てたんだけど……真紀ちゃんに新しい出会いがあるって。適当に伝えておいてって」

「えっ、私⁉」

なんで勝手に人様のことを占ってるんですかね、あのやる気なし陰陽師《おんみょうじ》。

でもあいつの星読みの占いが正確なのも、私は知っている。故に気になる。

由理はそんな私を尻目《しりめ》に「ばいばい」と手を振って、灰色の亀のところへと行ってしまった。

灰色の亀はというと、私をギロリと睨《にら》んでやがる。

さらにペッと唾《つば》を吐き捨て、もやもやとした霧に包まれ、由理とともに消えてしまった。

今度会ったら、取っ捕まえてすっぽん鍋《なべ》にしてやる。

それにしても……

「新しい出会い、か」

前世関係者だろうか。

それとも前世とは全く関係のない、新しい出会いってことだろうか？

さっぱりだけど、今は考えても仕方がない。

出会いなんてものは、言われずとも不意にやってくるもので、それを前もってどうかすることもできないのだから。

由理に言われた通り、明るいうちに帰ろうと思って、荷物をまとめて部室を出た。

「ん？」

するとそこに、待ち構えていたらしきテニスウェアの男子生徒が一人。

美術準備室にテニス部が何の用事？

なんて不思議に思っていたが、彼は私を見ると少し緊張した面持ちで……

「あの、茨木さんっ」

「？」

「俺、三組の岡部《おかべ》裕也《ゆうや》って言うんだけど」

とりあえずコクンと頷《うなず》いたけど……し、知らない。誰だこの子。

いったい私に何の用だろう。

「ずっと好きでした。俺と付き合ってくださいっ‼」

深々と頭を下げているその姿勢たるやお見事。

なんて冷静に考える一方で、棒立ちの私。

さっきから真顔のまま、綺麗《きれい》なお辞儀姿を見つめてばかりで……

「えーと、それ、私に言ってるの？」

「と、当然！　俺、ずっと茨木さんいいなって思ってて……でも天酒以外の他人に興味なさそうだったっていうか、ちょっと話しかけづらかったっていうか」

勢いよく顔を上げ、しかし私の顔を直視できずに後頭部をかく岡部君とやら。

「最近、茨木さん変わったよね。文化祭あたりから、女子たちと一緒にいるのもよく見かけるし、その……気さくになったっていうか。前に俺が落としたテニスボール、拾ってくれたこともあったじゃん」

そ、そうだっけ。全く覚えがない。

だけど、確かに私は最近、馨や由理以外の生徒ともよく話すようになった気がする。

岡部君のいう通り、あの文化祭が、人間に対する私の考えを改める、良《い》い経験となった。

「よく気がついたわね、文化祭からって」

「え。そりゃ、だって文化祭ですげー可愛かったから……あっ」

そこまで言って「チョー恥ずかしい」と言いながら、赤くなった顔を手で覆う岡部君。

なんだろうこの初々しい感じ。

私と馨が失った何かを、この子は持っている……っ。

「えっと、気持ちはありがたいんだけど、私には馨が……知ってるでしょ。いつも天酒馨と一緒にいるって」

「でも天酒とは付き合ってないって聞いたけど」

「それは、そうなんだけど……その」

私が冷や汗ながら、指をちょいちょいいじりつつ、どう説明しようかと焦っていると、岡部君は少しムッとした顔になる。

「天酒は、そりゃすげー奴だよ。頭もいいし、運動神経もいいし、背も高いしかっこいいし。俺も体育で同じチームになったことがあるけど、意外と話しやすくて頼りになるし。でも茨木さんのこと、いつまでも独り占めしておきながら、付き合ってないとか言い続けるのどうかと思うけど」

「…………」

それは、元夫婦だからです。なんて言えない。

岡部君は私が返事に困っているのを見て、ノートの切れっ端みたいなものを、ずいっと寄越してくる。

「これ、俺の連絡先。最初は少しずつでもいいんだ。ちょっとメールでやりとりするだけでも。……俺、本気だから」

最後の一言に、岡部君自身が恥ずかしくなったみたい。顔を真っ赤にして廊下を全力疾走して去って行く。

スポーツ少年らしい爽《さわ》やかさとハツラツさ、正直さを兼ね備えた普通の男の子だ。

私はしばらくその場に立ちすくんだまま、手に握りしめた男子の連絡先の紙に視線を落とす。

「私……今、告白されたの？」

その実感がじわじわと湧いてきて、その場をオロオロと歩いて回った。

実のところ、私は馨と違って告白されたことがほとんど無い。

高校に上がってからは初めてだ。しかも同級生。

その事実に女子高生らしく舞い上がりそうだが、いやしかし、馨にはどのようにお知らせしようか。


「は……？　岡部に告られた？」

馨がバイトから戻ってきて晩御飯を食べていた時、さりげなく今日のことを報告した。

おかずのチキンカツをお箸《はし》で持ち上げたまま、馨はしばらく固まっている。

「何よそのぽかーん顔。そりゃ、私にだってモテ期くらいあるわよ。あんたは万年モテ期かもしれないけど」

「いや……でも三組の岡部、か。あのテニス部の」

「知ってるの？　爽やかなスポーツ少年って感じだったわ。あんまりチャラチャラしてなくて。告白も初々しいったらないわよね。ふふ、ちょっと舞い上がってしまったわ」

私がクスクス笑っていると、馨はわかりやすいほどに複雑そうな顔をした。

おや……これは……

「もしかして嫉妬《しっと》した？」

「違う」

即答する馨。気取った顔をしてチキンカツを頬張り、白飯を口に掻《か》き込む。

「連絡先もらっちゃったけど、どうしようかしらねえ」

「はあ⁉　連絡先⁉　うっ、げほげほ」

白飯が喉《のど》に詰まったのか咽《む》せる馨。かなり動揺していると見える。

はいはいしっかりして、と水の入ったコップを馨に渡して背をトントンと叩《たた》く。

まあ確かに、馨が誰かに告白されても私からすれば「またか」という感じだが、馨からすればそうじゃない。

私はそれだけ、今までまともに告白などされたことがなかった。それは多分、馨が側にいて、なんだかんだと目を光らせていたからだと思うのだけれど……

「ま、ちょっと嬉《うれ》しかったと言っても、別に連絡なんて取らないわ。取る必要もないし。

私にはあんたがいるからね」

「……告白されて、嬉しかったのか？」

「何よ、そこが気になってるの？　そりゃまあ、滅多にないことが起こったからね。いかにも青春の一ページって感じで、自分がセブンティーンの女子であることを思い出しただけよ。学生同士のお付き合いなんて、私たちにはできないことだしね」

「…………」

馨はやはり、眉間《みけん》にしわを寄せたまま。別に機嫌が悪いという感じではないが、これは何かをごちゃごちゃと考え込んでいる表情ね。


翌日、いつものごとく馨と登校し、クラスの机に落ち着いた。

颯爽《さっそう》とみっちゃんが現れ、二つに結った細い黒髪を指でいじりながら、にやけた顔をしている……

「ねえねえ～茨木さん昨日三組の岡部に告られたでしょ～」

「はやっ！　いったいどこでその情報を仕入れてきたのよ⁉」

しかし流石は新聞部エース。

学園の恋愛事情を見逃さないのが、このみっちゃんである。

　またこの話に耳を大きくしているのが、前の席の馨だ。馨はこちらに背を向けたままだが、私には彼の感情がなんとなくわかる。

「テニス部の岡部。通称岡ちゃん。勉強はあんまり得意じゃないっぽいけど、強豪校《うち》のテニス部でレギュラー入りしてて、三年生が引退してテニス部主将を任されたしっかり者だよ〜。裏表がなくて、誰からもいい奴って言われてる好青年。見た目もまあまあだし、結構モテてるみたい。いいじゃんいいじゃん」

　うりうり、と私を肘《ひじ》でいじるみっちゃん。

　岡部君に告白されたという話がクラスの女子をざわつかせ、話を聞かせてと私の周りに集まってくる。岡ちゃん優しいよ〜とか、いい人だよ〜とか、言ってくる。

　ほお、評判のいい男子なんだな。

　しかしそんな話が嫌でも耳に入る前の席の馨、ますますピリピリし始める。

　誰も気がついてないけど、霊力が逆立っているのが私にはわかるから。

「えっと……男は甲斐性《かいしょう》と我慢強さよ。そうじゃないと私の本性に耐えられないと思うわ」

「何それ〜。いかにも対象ありって感じ」

　みっちゃんは、私と前の席の馨の反応を確かめながら、楽しそうにしている。

「でも〜、あたしたちもうすぐ三年生になるし。そしたら卒業なんてあっという間だし。

制服着て学校に来る日々なんて終わっちゃうんだから、茨木さんも一回くらい彼氏作ってもいいんじゃない～？　このまま青春終わっちゃうけど、いいの～？」

「……う」

みっちゃんの言わんとしていることも、わからなくはない。

青春は今だけだ。四月になったら、私たちは高校三年生になる。

高校生らしい恋愛なんて、私には縁遠いものだと思っていたけれど、今だからこそ、そういうものがとてもキラキラした特別なものなのかもしれないと思ったりもする。

だけど……それは馨とじゃないと、私は嫌だ。

たとえ、彼が前世の夫だとしても。

馨は背中を見るだけでも悶々《もんもん》としているのがわかるが、決してこちらを振り返ることなく、前の席でバイト先のシフトがぎっしり詰まったスケジュール帳に視線を落としていた。

第二話　はじまりのバレンタイン（下）

バレンタイン前日。

ぐっと寒くなったこの日の夜、私は浅草のみんなに配る為のチョコレート菓子作りに励んでいた。

何を作っているかというと、今年は〝ポテチとせんべいのチョコレートクランチ〟。

市販の塩味のサラダせんべいや、ギザギザしたポテトチップスを砕いて、湯煎《ゆせん》したチョコレートと混ぜる。そしてそれぞれ一口サイズに分けて並べ、冷蔵庫で冷やしたもの。

「何これ邪道って思うかもしれないけど、おせんべいやポテトチップスの塩気は、チョコレートと結構合うのよ。最近、ポテチをチョコでコーティングしてるお菓子もよく売っているしね。塩は甘さを引き立ててるからねえ」

「ぺひょ～？」

足元で呑気《のんき》な顔をしているおもちに言い聞かせてみたが、おもちはそのままのサラダせんべいをパリパリ食べるのが好きみたい。そういうお年頃ね。

もう一つ、私はせっせとチョコレートのお菓子をこしらえたのだけど、これはオーブンに入れてしばらく焼く。おうちがケーキ屋さんの七瀬《ななせ》に教えてもらったレシピで作る、クルミ入りチョコブラウニーだ。

さあ、チョコクランチが固まったら、せんべいチョコと、ポテチチョコを一つずつ透明のラッピング袋に詰めて、リボンで結っていく。

いわゆる義理チョコだけれど、これを明日、浅草《あさくさ》でお世話になっているみんなに配って回るのだ。

元眷属《けんぞく》のスイや眷属のミカには、おもちが日頃からお世話になっているのもあって大きなラッピング袋にチョコクランチ多めで。おもちがチョコペンで絵を描いた丸いチョコレートも詰めて、と。あとは……馨《かおる》の本命チョコブラウニーな訳だけど……。

「馨はあれでチョコレート好きだからね。チョコブラウニーだなんて洒落《しゃれ》たもの、初めて焼いたわ。ちゃんと焼けているかしら」

例えばケーキが複数あって好きなものを選んでいいと言われると、馨はチョコレート系のケーキを選ぶ傾向がある。だからチョコブラウニーも喜んでくれたらいいんだけれど。

あれ。なんだか私、結構ドキドキしてる……？

馨のこと、なんだって知っていると思っていたのに、自分の焼いたチョコブラウニーを美味《おい》しく食べてくれるかどうかも、よくわからないだなんて。

普段のご飯は適当に作るけれど、女子らしいお菓子作りは、バレンタイン以外で作ることなんてほとんどないから、ちょっと心配。

「あっ！　焼けた！」

そんなこんなで、ブラウニーの焼ける香ばしい香りが漂ってくる。

こたつから飛び出しオーブンからさっそく取り出してみると、表面の焼け具合は良い感じ。

中をしっとりとさせるために余熱で焼いてから、四角い型から外す。

「……一つ味見してみましょうか、おもち」

「ぺひょ～」

おもちはこのチョコブラウニーに興味津々。さっきからずっと鼻をスンスンと動かしている。

端を切って、おもちと一緒に味見をしてみる。

「うん。オッケーオッケー……」

独り言をブツブツ言いながら、馨のブラウニーは明日の朝一で切って特別な箱に詰め合わせましょう。チョコブラウニーと、チョコクランチの詰め合わせにする予定だ。

そういや去年は何をあげたっけ？　義理チョコと同じチョコクッキーと市販のアーモンドチョコの詰め合わせだった気がする。

それに比べたら、今年は手が込んでるほうかしらね。

「私が同級生に告白されたって聞いて、ちょっと気にしてるっぽかったからなー、馨」

ま、ここ最近バイトが忙しくて構ってもらえないので、たまには馨を嫉妬させるのも小気味いいとは思うけれど。

「でも、妻としては早く安心させてあげたいところねえ」


翌日、学校では楽しげに友チョコを交換する女子たちと、さりげなく過ごしつつそわそわした男子たちが、お互いを意識したりしなかったりで、教室の空気は混沌《こんとん》としている。

「……ったく」

前の席で馨がため息をついた。

それもそのはず、大量のチョコレートが机の上に積み上げられ、机の中にもぎっしり。

毎年のことだから驚かない。でも……

「今年は由理《ゆり》に軍配が上がりそうね。あいつの机の上にスカイツリーが建ってるわ」

まだ登校してきていない由理の机が凄《すご》いことになっていた。

転校してきたばかりで注目されてるってのもあるけど……

チョコレートの箱のタワーがグラグラ揺れているのが気になる。新聞部のみっちゃんが下から数を数えているし、倒れたチョコの箱に埋もれてしまわないか心配。

「別にいいんじゃないか。あいつ甘いもの好きだし。ふん」

「あれ、馨ってばちょっと拗《す》ねてる？　試験の総合点では由理に負けても、チョコレートの数ではずっと勝ってきたのにねえ」

　ケラケラ笑っていると噂の由理が登校してきて、自分の机上のチョコにぎょっとしていた。そして、こちらを見て苦笑い。私たちも乾いた微笑みのまま、グッと親指を立てる。

　それ頑張って持って帰ってね、みたいな……

「いーなー男子は。私だってチョコレートたくさん欲しい。私なら全部消費できるのに」

「いいものか。糖尿病になるわ」

　とはいえ、今は女子もチョコレートを交換する時代。本命チョコほどではないものの、手作りのちょっとしたお菓子を交換したりする。

　以前まで、私はクラスの女子にちょっと貰《もら》う程度だったが、今年は七瀬や、みっちゃんや、丸山《まるやま》さんなどの仲良くしている女友達に、自分もチョコをあげることにした。

「あれ、真紀《まき》がくれるの？　毎年もらってばかりの真紀が」

「私だって時には女友達にチョコレートあげようかなって思うわよ。……あ、あと、ブラウニーのレシピ、教えてくれてありがとう七瀬。おかげで簡単に美味しくできたわ」

「お、それならよかった。あとは天酒《あまさけ》にあげるだけだね。頑張れ頑張れ」

　カラッとした笑顔で、なぜか私の頭を撫《な》でる七瀬。励ましてくれているのかな。

でも、七瀬は私と馨の関係が以前とは少し違うことを、口に出さずとも理解しているのかもしれない。

照れ臭くも、良い友達をもったなと思う。

こういうところに、我ながら、何かが少しずつ変わってきているような、人間としての進歩を感じたりするのだった。


放課後、掃除当番を終えて教室に戻ると、すでに馨はいなかった。

クラスにもほとんど人がいない。いつもならもう少しいると思うんだけど、バレンタインだし、みんなそれぞれの戦いに赴いているのかな？

「あ、もしかしたら馨、女子に追いかけ回されてるんじゃ」

なんだかなーと、教室の窓から外を見たり。馨、生きて……

「あの、茨木《いばらき》さん」

そんな時、教室にやってきたのは、岡部《おかべ》君だった。

ちょうど部活へ行く前の、ジャージ姿で。

とても真剣な表情だが、同時に不安そうでもある。

私は岡部君のことを何も知らないが、その顔を見ていると、何だかいたたまれない気持ちになった。

前に告白され、連絡先を渡されても、私は一度も連絡をとらなかったから。

「その、返事、そろそろ聞かせてもらってもいいかな」

「ごめんなさい。私は、岡部君と付き合うことはできないわ」

私の答えは決まっている。ゆえに、ためらいもなく淡々と答えた。

「……なんで？」

「馨がいるからよ。私たち付き合ってる訳じゃないけど、私は馨が好きなの。もうずっと
ずっと……ずっと前からね」

「…………」

岡部君は何か言おうとして、しかしぐっと拳《こぶし》を握って私から視線を逸《そ》らす。

私は自分の持っていた紙袋から、昨晩作った義理チョコを一つと、以前もらった連絡先
のメモを一緒に、岡部君に渡した。

「私ね、今まで岡部君みたいに、真正面から告白されることとなんてなかったの。だから、
ちょっとだけ嬉《うれ》しかった。でも、馨以上に好きになる人なんて、一生この世に現れないで
しょうから、ごめんなさい。だけど、ありがとう」

「……うん、わかった」

岡部君はしょぼんとしていたが、結果はわかっていたというような顔でもあった。

「これ、ありがとう」

そして、無理に笑顔を作ろうとしながら、私の義理チョコも、自分の連絡先の紙も受け取ってくれた。本当に、皆が言うようにいい人なんだろうなと思う。

部活があるのだろう。岡部君は早足で教室を出て行ったが、出入り口付近でギョッと青い顔して飛び上がっていたので、どうしたのかなって……

「あ、馨」

入れ替わるように馨が早足で教室に入ってきた。

ちょうど出入り口のドアのところに隠れていたみたい。

先ほどの岡部君とのやりとりを見ていたのかムスッとしているが、一方で馨も大変な目にあったのだろうとわかるボロボロ具合。

「覗《のぞ》き見していたの？」

「覗き見っていうか……女子の猛追をかわして戻ってきたら、出くわしたっていうか。だからそっとしていた。お前が俺の立場でもそうするだろ」

「そうね。……馨がいつも、告白された女子を振るの、大変そうにしていた気持ちが分かったわ。できるだけ告白されないよう、私を盾にしてまで女子を遠ざけていたのも。だって、なんだかいたたまれない気分なんだもの。絶対に、好意に応《こた》えられないっていうのは」

私は初恋しか知らない。初恋は実り、今もまだ同じ人を好きでいる。

だけど好きになった人が自分を見てくれないというのは、きっと辛《つら》いことね。

勇気を振り絞って告白しても、こんな風に簡単に振られたら、そりゃあ……

「……ていうか馨、あんたバイトはいいの？」

「今から行くところだ。……お前も、浅草で義理チョコ配って回るんだろう」

「そうだけど？」

馨は自分の荷物と、もらったチョコレートを整理しながら、

「色々終わったら俺のバイト先に来い。夕飯奢《おご》ってやる」

「へ？」

嘘。自分のバイト先にはできるだけ来るなって言ってたのに。

「俺だって、バレンタインの日に一緒にいられないのは少し歯がゆいからな」

「ふ、ふーん。あんたでもそんなこと思うんだ」

「そりゃ……はあ。やっぱりなあ」

「……ん？」

馨が額に手を当てて、少し照れくさそうに、でも拗ねた感じでこんなことを言う。

「今まで全然そんなこと思わなかったんだがな。お前が別の男と話しているのを見ると、無性に騒《ざわ》つく。帰り際の岡部を睨《にら》んじまった」

「なあにそれ。あんたからそんな言葉が聞けるなんて思ってもみなかったわ。でも、どお

りで岡部君がギョッとしてたはずだわ」

ただの人間の男の子が、元酒呑童子《しゅてんどうじ》様にひと睨みされたらたまらない。

思わずクスクスと笑ってしまう。馨に「笑うな」と叱られたけれど。

でも笑ってしまうわよ、こんなの。

「なあ、真紀」

「んー？」

「俺たち、付き合わないか」

「……はい？」

それは、あまりにも突然だった。

しかもさりげなく出てきた馨の言葉に、私は目を点にして首を傾げてしまう。

「まあ、そういう反応だよな。ピンとこないよな。今更だし」

馨はどこかよそよそしい。私もそのことは考えていたが、馨から提案してくれるとは思わず、いまだ首を傾げたポーズでカチンコチンに固まってる。

「馨、もしかして……ずっとこのことで悩んでたの？」

「そうだ。大事なことだからな。まあ、お前も複雑かもしれないし、今決める必要はないが……」

馨の表情は真剣そのものだ。

今まで散々夫婦してきたのに、付き合うか付き合わないかで悶々《もんもん》と考えていた馨が、なんだかいじらしい。

馨以上に好きになる人はいない。その言葉に偽りなしよ。

「馨〜、馨〜」

「あっ！　やめろ、学校でくっつくな！　また新聞部とかに撮られるぞ！」

交際ってことならもちろんオッケーよ、と答える前にクラスに人がやってきたので、私たちはパッと離れて、淡々と帰宅の準備をした。

「じゃあ、俺バイト急ぐから」

「うん。後であんたの働くところを見に行くわ」

そんな感じで、私たちは一旦《いったん》それぞれの用事のために別れたのだった。

「お付き合いか〜」

ぼんやりしながら、いったん部室へ向かう。

部室には由理が逃げ込んでいて、山積みのチョコレートをどのように持って帰ろうかと悪戦苦闘していた。

「由理もボロボロねえ。女子にたくさんチョコレートを押し付けられたみたいだし」

「真紀ちゃん、笑い事じゃないよ。どうやって持って帰ろうかと思って、馨君みたいに携帯用の小規模な狭間《はざま》を作ろうとしてるんだけど、上手《うま》くいかなくてね」

「あんたにも苦手なことがあるのね」

「そりゃあ、久々にやってみるとね。あやかしらしいことは、極力しないようにしてたし」

「……そうね」

そういうところ、由理は本当に抜かりなかったから。

「でもほら、あんた甘いものは好きじゃない」

「いくら甘いもの好きって言っても、こんなに食べきれないよ。前は若葉《わかば》や母さんが一緒に食べてくれたけど……」

そこまで言って、由理はハッと口元を押さえて、自分に何かを言い聞かせるように首を振る。

大晦日《おおみそか》の事件で、由理は自分の家族の元を去った。自分があやかしだったから。

それからずっと、継見《つぐみ》家の人たちの話を、口にすることなんてなかったのに。

だけど去年のことを思い出し、当たり前のようにぽろっと口をついて出てきてしまったのだろう。

「……由理」

「うん。ごめん。真紀ちゃんは、今から浅草に戻るんでしょう?」

「え？　……うん。でも一度〝裏〟の方に行って、手鞠河童《てまりかっぱ》たちにも餌撒《ま》きしてくる。あんたも来る？」

「ちょっと難しいかも。僕、今日もちょっと叶《かのう》先生に命じられた仕事があってね」

「……そう。あんた最近何かさせられてるみたいだけど、危険なことじゃないでしょうね？」

「それは、まだ真紀ちゃんには言えないかな。でも、そのうち嫌でもわかるよ」

由理は意味深で曖昧《あいまい》なことだけを、私に教えてくれる。

でも、由理がこういう風に言葉を濁す時って、それが必要だってことだから、私は彼を信用してあえて詳しいことは聞かない。でも少し心配もする。

「叶先生の式神業は大変だと思うけど。何かあったら私や馨に言いなさいよ。誰の式神であろうと、私や馨にとって、由理は由理なんだから」

そして私は、由理用のチョコレートを彼に差し出す。

「余計に困るだけかもしれないけど」

「そんなことないよ。真紀ちゃんのは特別な〝義理チョコ〟だよ」

「義理チョコをそんなに強調しなくてもいいじゃない。あんたの場合、それなりに愛情はあるわよ」

由理はクスッと微笑むと、「毎年ありがとう」と言ってチョコを受け取り、

「じゃあね真紀ちゃん。また明日」

また大胆に中庭に飛び出して、小走りで帰ってしまったのだった。

「由理が何やってるのか凄《すご》く気になるけど……それはもう、由理の主《あるじ》に直接聞いた方がいいかもね」

さて。私は部室の掃除箱から裏明城学園《うらめいじょうがくえん》へ。

裏明城学園とは、馨が生み出した狭間結界のことで、学園をそのまま反映した、だけど学園とは異なる空間である。

そこでは手鞠サイズの愛らしい河童たちが、カッパーランドという不思議な遊園地を営んでおり、本日はバレンタインデーということで、ピンクとレッドとついでにグリーンのハート乱舞大イベントを開催中だった。

ここはあやかしたちにとって気楽に過ごせるスポットになっているみたいで、今日は特に、あやかしカップルが多いこと多いこと。

「あ、茨木童子しゃまでしゅ〜」

「茨木の姐《あね》しゃんが来たでしゅ〜」

カッパーランドで働く手鞠河童たちが、仕事をそっちのけでわらわらと私の足元に群がる。

「ちょっとあんたたち、まだお仕事中でしょ⁉」

「チョコをくれそうな気配がしたでしゅ」

「でもチョコよりきゅうりか現金がいいでしゅ～」

「卑しい河童ね。あんたたち今はそれなりに景気良《い》いでしょ。例年のごとく麦チョコよ」

「えー、せこいでしゅ～」

手鞠河童の盛大なブーイングの中、私は業務用の麦チョコ大袋を開けて、まるで先日の節分のごとくそれを撒く。

ブーブー文句を言ってたくせに、河童たちはそれを一生懸命拾い集める。まるで池の鯉に餌を撒いたかのような激しい麦チョコ争奪戦は見ものねえ。

「さーてと。ねえあんたたち、旧理科室に、叶先生はいる？」

「『いるでーしゅ』」

「はい、わかりました」

麦チョコ集めに必死になっている手鞠河童たちを放置し、私はこの狭間に存在する、旧理科室へと向かった。

「ぐー……ぐー……」

「やっぱりここで寝てるのね。まさか住んでるとか……？」

教師のくせに、狭間の旧理科室を仮眠室にしている叶冬夜《とうや》先生。

叶先生の前世は、かの有名な陰陽師《おんみょうじ》・安倍晴明《あべのせいめい》だ。

千年前は茨木童子と酒呑童子の宿敵でもあったのだけれど、今はなぜか私たちを「幸せにする」とか宣言して、この学校の教師兼、部活の顧問だったりする。

私たちを監視しているのか、なんなのか。

敵か味方かよくわからない人になってしまっているけれど、私はいまだに苦手意識があるというか、憎らしい感情も少なからずあるっていうか。

こいつを前にするとちょっと緊張してしまうというか……

ていうか由理をせかせか働かせているくせに、本人がこれなんだもの。

授業中はまともに教師してるものの、放課後はだいたい寝てる気がする。

「でも、由理がお世話になってるし、バレンタインっていうかお礼くらいあげてもいいかなって……まあ、起こすのも悪いし置いていきましょう」

叶先生は女子生徒からたくさんチョコレートを貰《もら》うだろうと予想してたので、缶コーヒーを一本買ってきた。とりあえず机の上に置いときますか。

案の定、貰ったチョコが部屋の隅で山積みになっている。

「……ん？」

あれ、今チョコレートの山がごそごそと動いた気がする。

まさか手鞠河童が叶先生のチョコレートを漁《あさ》ってるんじゃないでしょうね……？

「わっ⁉」

しかしそのチョコ山から飛び出してきたのは、眩く美しい金の狐だった。

今まで何度か会ったことのある、あの妖狐《ようこ》。

「なんじゃ、茨姫《いばらひめ》ではないか」

前足をペロペロ舐《な》める妖狐からは、可憐《かれん》かつ優美な少女の声が。

あやかしらしくボフンと音と煙を立てて、その姿を人へと変化させた。

「……うそ」

現れたのは、長くサラサラの金髪に、金の耳、金の尾を持つ美しい少女だった。

耳の下に大きな黒紫蝶《ちょう》の髪飾りをつけ、同じ色の着物を纏《まと》っている。

なんだか少しだけ、あの〝ミクズ〟を彷彿《ほうふつ》とさせるものがあるが……でも毛色は違うし、
もっとずっと少女らしい容貌《ようぼう》と、神秘的な雰囲気。

見た目は、今の私とそう変わらない年頃に見える。

「葛《くず》の葉《は》は〝葛の葉〟じゃ」

「……それ、あなたの名前？」

「そうじゃ。葛の葉は天津狐《あまつきつね》。天狐とも呼ばれる。晴明の最初の式神にして最後の式神。

茨姫、この姿で相見《あいまみ》えるのは、今世では初めてじゃのう」

「……今世も何も、私はあなたを知らないわ」

「ふふ。そうじゃったそうじゃった。そなたは葛の葉のことを知らぬ。それもそのはず、

〝晴明〟が〝茨姫〟と出会った時、葛の葉は封じられておったからのう」

「…………」

「でも葛の葉は〝そなた〟を、もうずっと昔から知っておるよ。ずっと……昔から」

葛の葉という金の妖狐……この子はいったい何を言っているのだろう。

長い袖《そで》で口元を隠し、コロコロと笑う姿は無邪気だが、その視線は時に鋭く私を見据える。金砂石のようにキラキラと煌《きら》めく、黒紫色の瞳《ひとみ》。

見ているだけで捕らわれてしまいそうな、獣の視線でもある。

それに強く訴えかける凄みがある。

遠く、思い出さなければならない何かが、あるような……

「ん〜……」

「あ、晴明じゃ！」

葛の葉は耳をピョコンと立てて、主の唸《うな》り声を察知すると、そのままボフンと金の狐の姿になり、起き上がる叶先生の膝《ひざ》の上にダイブ。

寝起きの叶先生はそんな葛の葉の毛並みを撫《な》でながら、ぼんやりと私を見上げる。

「なんだ茨木、来ていたのか。どうした、しらじらとした目をして」

「いや。狭間とはいえ学校で居眠りしたり、式神といちゃついている教師を見てたら、しらじらした目になっちゃったっていうか」

私もこんなの見てるほど暇じゃないし、もう行こう。

そう思って、くるりと彼らに背を向けた時だ。

「おい茨木。近々、星が動くぞ」

叶先生が、大事なことのような、そうでもないような口調で、私に告げる。

星が動く。安倍晴明が得意とした星読みの占術で何かの予兆があった時に、決まって彼が告げる言葉の一つだ。

「……それは、私たちの最後の嘘が暴かれるってこと？　残りの一つ、馨の嘘が」

「いや……それにはもう少しかかるだろう。酒呑童子の嘘とは、お前のものとも、鵺《ぬえ》のものとも質が違う。そもそも本人にまるで自覚がないからな」

「…………」

それは私も少し気になっていた。

叶先生は知っているのだろうか。しかしそれを教えてくれたりはしないのだろう。

私の時や、由理の時のように、その嘘は自分たちの選択や行動により暴かれるべきだと……

「じゃあ、どんな星が動くって言うのよ。何か大きな事件でも起きるの？」

「運命的な出会いがある」

「運命的な出会い……ねえ。由理もそんなこと言ってたわ」

ここ最近の新しい出会いなんて、同級生に告白されたくらいだけど。

「はっ。もしかしてあれが、運命の出会いなの!?　いやいや、そんなまさか。私には馨という心に決めた人が……」

「何を狼狽《うろた》えている。お前は備えなければならないというのに」

「備える？　何に？」

叶先生は横目で私を見据えながら、

「必然の出会いだ。だがその出会いこそが、最後の嘘を暴くトリガー。大切なものを失いたくなければ、かつての絆《きずな》を手繰り寄せるといい」

「……かつての、絆？」

それって、千年前の……ってこと？

「晴明の占いは絶対、じゃよ」

葛の葉が最後に念を押す。

安倍晴明……平安時代、最強と謳《うた》われた陰陽師。

今でもこの名を、葛の葉は呼ぶらしい。

晴明と呼ばれた叶先生は、私たちには口うるさく訂正するくせに、葛の葉に対してはなにも言わず、喉《のど》を鳴らす狐の顎《あご》を掻《か》いている。

「一応、忠告ありがとうと言っておくわ。あとあんた、由理に何かさせてるみたいだけど、危険なことじゃないでしょうね」

「…………」

叶先生の視線がスーッと横に流れた。

「ちょっと、なにそれ。由理に何かあったらタダじゃおかないわよ」

私は霊力をピリつかせ、まるで由理の保護者のごとく目を光らせる。

「心配するな。他にも式神はいるし、仲間同士助け合うように言っている」

「ふーん、そう。ならいいけれど。……大切にしてよね、私たちの大事な由理なんだから」

「…………」

「じゃあ私、浅草に戻るわ」

用事も終えたことだしと、私は早々に旧理科室を出る。

だけど、あの忠告が気にならないわけではない。

「……運命の出会い、か」

確かに、出会えるというのならば出会いたい者がいる。

私たちには。

その後すぐに浅草に戻って、お世話になった者たちにチョコレートを配って回った。

大黒《だいこく》先輩は浅草寺《せんそうじ》の屋根の上で、貰ったであろう大きなハートのチョコレートを頬張りながら、ずーっと空を見つめている。何があるわけでもないのに。

「おお、真紀坊！　お前も俺にチョコレートをくれるのか⁉」

「ちょっと。顔を見るや否や、もらえる前提で話を進めないでくれる？」

先輩は浅草寺の屋根から飛び降りると、私の側でふわりと着地。

だってこの人は、浅草寺の大黒天《だいこくてん》様。

ひとではない。あやかしでもない。浅草の七福神の一人であり、うちの学校の永遠の三年生。

先輩ほど多くの義理チョコをもらえるひと、この浅草にはいないんじゃないかな。

「美術部を一旦《いったん》引退したからって、ここ最近学校で見なかったけど……浅草を見守ってるの？」

「わはは。まあな。色々あってな」

いつもポジティブで闇を感じさせない笑顔の大黒先輩。いたらいたで鬱陶《うっとう》しいけれど、いなくなったらちょっと寂しい、そんなひと。

「来年は私たちと同学年になるわね」

「おお、そういえばそうだな！　もう先輩って呼んでくれなくなるな！　わっはっは。なんだかちょっと寂しいな！」

「寂しいって言いながら笑うのねえ」

大黒先輩は赤い団扇《うちわ》で顔を扇《あお》ぎながら、やはり豪快に笑い、チョコレートを齧《かじ》る。

その姿は後光がさしてくるほど眩《まぶ》しい。このひと本当に毎日楽しそうだなって思ったりする。大黒先輩に心配ごとってないのかしら。

「そうだ真紀坊。浅草地下街へは行くのか？」

「ん？　ええ、今から行こうかなって。組長にも毎年義理チョコあげてるしね。正直一番お世話になってる人だし」

「……それなんだがな、真紀坊。実は大和《やまと》……いや」

あれ。大黒先輩が、珍しく何かを言い淀《よど》み、顎に手を当てて「うーむ」と考え込んでいる。珍しい。組長のことで、何かあったのかしら。

「え、なによ、大黒先輩が神妙な面持ちだと悪いことが起こりそうで怖いんですけど」

「いや、まだだ！　まだ真紀坊には言えない。まだ今ではない！」

「は？　はあああ？」

ここまでもったいぶっておいて、それはないでしょう！

だけど大黒先輩は「まだなんだよな～」とばかり。なにがまだなんですかね。

「どちらかというと、大和と馨に所縁《ゆかり》のある話だ。次に馨に会った時にでも、少し話してやろう」

「組長と……馨？」

謎の組み合わせでさらに訳がわからない。

いや、確かに馨は組長にバイトを紹介してもらったり、一緒に屋台で働いたり、一人暮らしを始める時に物件を探してもらったりと、お互いに信頼している関係でもあるけれど
……

でもやっぱり話が見えてこない。

「わかったわ。大黒先輩にこれ以上言っても、教えてくれたりしないでしょうからね」

「よーしよしよし。偉いぞ真紀坊。よーしよしよし」

「ちょっと、頭撫で回さないでよ！　私は猫っ毛だけど猫じゃないのよ！」

大黒先輩の必要以上にくどい愛情表現から逃れるため、境内をダッシュ。

そのまま浅草寺界隈《かいわい》を抜け、レトロでアングラな雰囲気漂う浅草地下街へと向かうと、あやかし労働組合の本拠地の受付である「居酒屋かずの」の前までやってきた。

しかし臨時休業となっており、入れない。

「あれ？　こういう時、どうやって労働組合に行けばいいんだろう」

今まで、臨時休業とぶつかったことなどなかったけどなあ……

「ですから！　このようなことがあった以上、もうあなた方に任せられないと言ってるん

ですよ！」

「!?」

　中から怒声が聞こえて、何事かと思って扉に耳を当てる。

「そもそも力を持たない組合長なんて、ずっと不安だったんだ……」

「いっそ分家に権限をお渡しになった方がいいのでは」

「灰島《はいじま》家の恥さらしだ。あなたより霊力値が高いものは、分家にいくらでもいるというのに」

　嫌な言葉を、たくさん聞いてしまった。

　のちに、組長のやけに冷静な声も。

「分家の皆様のお考えは尤《もっと》もです。しかし今、浅草はとても不安定だ。すべての責任は私が背負いますから、ここぞと頭を変えようとするのではなく、しばしご協力を」

　その言葉を聞いて、私は話の流れを察する。

　なるほど。浅草地下街を総括する灰島家の分家が、本家に文句を言っているのか。

　前々から本家と分家のいざこざがあると聞いていたけれど、組長の霊力値が低いことをネチネチつついて、本家の権限を分家が持って行こうとしているみたい。

　それでなくとも大変なお仕事なのに、これじゃ組長も報われないわね。私まで、ため息をついてしまう。

すぐに分家の連中がぐちぐち言いながら出てきた。結局文句を言うだけ言って、帰るみたい。

後からお疲れの顔をした灰島大和組長も出てくる。ちょっとヤクザみたいな風貌《ふうぼう》だから、私が組長って呼んでるだけで、実際は組合長なんだけど。

「わっ、びびった。なんだ茨木、いたのか」

「組長。……なんか大変そうね」

「聞いていたのか？　何、いつものことだ」

苦笑いの組長。組長の後ろには、部下の黒服たちが控えている。

皆でどこかへ向かう予定だったのだろうか。組長は険しい表情になり、

「茨木、ちょっと急ぎの用でな。また今度でいいか？」

「あ、ならこれ持って行って。バレンタインのチョコ！　当然、義理だけど」

強張《こわば》っていた組長の表情が、ふと緩んだ。

しかし徐々に、恐怖におののいた顔になっていき……

「く、食ったら爆発とかしねーよな？」

「するわけないでしょ！　毎年ビビりながら、私の義理チョコを食べてるわけ？」

ま、今まで散々迷惑をかけてきたので、警戒されるのもわかるけれど。

「ねえ組長、一乃《かずの》さんいる？　今日、お店はお休みみたいだけど」

「あー……一乃は怪我をしていてな。しばらく養生して店は休むことになるだろう」

「そうなの⁉　大丈夫⁇」

「……心配ない。ちょっとした擦り傷だ」

いつにも増して疲れのちらつく笑みを浮かべ、私が差し出したままのチョコを受け取る組長。何かあったのと尋ねる前に、彼は「これサンキューな」と言って、足早に地上へと向かった。

「……組長」

しっかりしているけれど、組長はまだ若い。

灰島家という名門の出自であることを考えると、組長の霊力値が低いことは確かだ。だけど、あの組長だからこそできたことって、山ほどあると思うのよね。

あやかし関連の事件に追われて大変なのに、分家の連中に揚げ足を取られたり、力がないことをくどくど文句言われるのは、相当な負担だろうな。

励ます言葉でもかければよかったと思い、慌てて組長たちを追いかけたが、地上に出たら外国人の観光客集団に出くわし、もみくちゃになって組長を見つけることができなかった。

仕方なく次に向かったのは、私の臨時バイト先でもある「丹々屋《たんたや》」だ。

お蕎麦《そば》や天丼の食事処。

「いらっしゃーい。あ、茨木の姐《あね》さん！」

迎えてくれたのは、ここの息子でもあり、私の住むアパートのお隣さんでもある、豆《まめ》狸《だぬき》の風太《ふうた》だった。風太は大学生だが、実家の店の手伝いをよくしている家族思いの狸。

この時間は客もほとんどおらず暇そうにしていた。

「待ってました～。姐さん、俺にもチョコくれるって信じてたよ」

「義理・オブ・ザ・義理だけどね。はい」

「ありがとう姐さんっ‼」

義理って言ってるのに、風太はチョコをひしと掴《つか》んで、泣き出しそうなほど喜んでいる。

「なんでそんなに嬉《うれ》しいんだか。あんたなら大学の彼女に貰《もら》ってるでしょ」

「それが～今年は～0個で～。今～彼女～いないから～」

「あ、そうだった。ごめんごめん、古傷えぐっちゃって」

そういや人間の彼女と別れたって言ってたわね。

「ねえ風太、さっき浅草地下街に行ったんだけど、組長が分家の連中に酷《ひど》い言われようだったのよね。あんた何か知ってる？」

「……大和さんが？　いや、何も知らないけど」

風太は眉間《みけん》にしわを寄せ、ちょっと複雑そうな顔。

「あ、でもあれかな、最近浅草の結界に異常があったって噂」

「え、そうなの？」

「常連さんが話してたのを聞いただけだけどね。浅草の結界だなんて意識することないけど、何があったんだろう。大和さんが責められるのは嫌だなー」

さりげなくとんでもない事を教えてくれた風太。風太からすれば、長くお世話になってる組長があれこれ言われている方が気になるみたいだけれど。

浅草の結界……

確かそれは、浅草の七福神が担っているんじゃなかったっけ。

普通に暮らしていたら、まずその結界を意識することなんてないし、私だってそれを感知することはできない。

しかしその結界のおかげで真に邪《よこしま》なもの、大きすぎる災いは浅草には踏み入れないと聞いたことがある。

とはいえ、小さな厄介ごとはしょっちゅう起こっているので、その結界の効果も、いわゆる加護という名の曖昧《あいまい》なものなんだよなーと、前に組長がぼやいていたのを聞いたことがある。

そんなこんなで、浅草でお世話になったあやかしたちの元を他にいくつも巡りながら、私は彼らに義理チョコを配った。

最後はスイとミカを訪ねて、千夜《せんや》漢方薬局へ向かう。

「わーい、真紀ちゃん待ってました〜」

「茨姫様が僕らにチョコレートを！　やったー」

千年前の茨姫の眷属《けんぞく》であるスイとミカは、馨とはまた違う絆《きずな》を持つ特別な存在だ。

スイは一番最初の眷属。そしてミカは一番最後の眷属だった。

二人は私のあげた義理チョコ（大袋）を、それはそれは嬉しそうに受け取ってくれた。

スイなんてこの日のために用意した特別なお茶を淹《い》れ、ミカもまた、わざわざ神棚にお供えして手を合わせている。

「ああ、真紀ちゃんの手作り義理チョコをもらうために、この一年頑張ってきたようなものだよー。疲れと老体が癒《いや》されていく……」

「大げさねえ。まだまだスイはこれからよ。すぐ年寄りぶるんだから」

スイの背中をバシバシ叩《たた》いて励ます。するとミカもまた、自分がいかに長生きかをぼんやりと思い出したみたいだった。

「そうだ。僕なんてスイの倍は生きてるけど、まだまだこれからだ」

「ちょっと、ミカ君みたいな神格を持つあやかしと一緒にしないでくれる？」

速攻でスイがつっこんでいたけれど、そういうスイだって確か……

「スイも一応神格持ってなかった？　水蛇《みずち》って中国のあやかしで、神様的な扱いをされてたこともあるんでしょう？」

「俺は準神格持ち。ミカ君みたいな日本神話級の神格は持ってないよ。まあ……こんなダメカラスに、今更神格も何もないけどさあ。飼っててもご利益とか何もないし」

「あっ、スイ！　今茨姫様の前で僕をバカにしたな！　くたばれっ！」

ぽかぽかとスイを叩いて怒るミカ。まあでも、ちょっとだけ仲良くなった気がしなくもない……かな？

スイなんて「ああいい感じ」と、ミカのぽかぽかを肩のマッサージに利用している。

「真紀ちゃん、毎年ありがとう。ホワイトデーは期待しといていいよ。俺はどこぞの旦那《だんな》様と違って大人で財力があるから、百貨店のマシュマロを買い占めてくるよ～」

「マシュマロは嫌いじゃないけど、そんなに要らないわ。それより私、色々なフルーツが食べたいなー」

「はい、フルーツね。高級マンゴーからブランドいちご、メロンからブドウまで、季節はずれなものは海外から取り寄せて用意する所存。仰せのままに茨姫様！」

「って、冗談よ冗談っ、こんなことに無駄に張り切らなくていいのよ、そこらへんのスーパーで買ったフルーツ盛り合わせとかでいいんだから、ね？」

なんだかんだとフルーツをおねだりする私。

でも、スイなら本気で日本各地、はたまた海外から最高品質のものを取り寄せかねないので、そこは一応冗談と言っておく。

ミカは「ホワイトデーって何？」と、バレンタインは予習してたのにこっちはまだまだ勉強不足のようだった。

「さ、おもち。今からパパの勇姿を見に行きましょう。今頃汗水垂らしてせっせと働いてるはずよ」

ほげーっと夕方の教育テレビを見ていたおもちを抱いて、そろそろ馨のバイト先に行こうと立ち上がる。

「もう暗いから、気をつけてね。送ってこうか？」

「大丈夫よスイ。大通り沿いだもの」

「さようなら茨姫様〜さようならおもち〜」

「ええ、また明日ね、ミカ」

「ぺひょ〜」

スイとミカに見送られ、薬局を後にする。

おもちは私の肩越しに、いつまでも彼らに手を振っていた。明日も会えるっていうのに、本当に、おじさんとお兄ちゃんが好きなんだから。

さて。馨のバイト先のファミレスに到着。

浅草駅の近くにあって、あれこれと割りの良いバイトを掛け持ちし渡り歩く馨が、もっとも長く続けているバイト先でもある。

なんとなく緊張しながら入ると、「いらっしゃいませ」と通る声で出てきたのは馨だった。

「わっ、早々に馨が出てきた！」

「早々にってなんだ。……お一人様ですね、禁煙席ですね。こちらにどうぞ」

あれこれ聞くより勝手に判断し、私を案内する。角にあるゆったりとしたソファー席だ。おもちがいても他人に見えづらく、良い席だ。

「お決まりになりましたら、お呼びください」

お澄まし顔の馨は私にもちゃんと接客をしつつ、他の客の呼び出しに応《こた》えさっさと行ってしまった。からから暇もないほど迅速な対応だったわね。

「それにしても、ウェイターの制服を着た馨ってなんだか新鮮だわ〜」

メニュー越しに、馨の働く様をチラチラと見ている。

馨って背が高くてスタイルが良《い》いから、ああいう格好もよく似合う。それに家ではいつもダラッとしているくせに、外では本当にテキパキと動くなあ。

普段私には見せないような、接客用の愛想の良い顔を、こうやって眺めるのも悪くないわね……

そんな時、幼い子供を連れた家族が、テーブルの上でグラスに入ったジュースを倒し零《こぼ》してしまった。

お客は慌てていたが、馨がいち早く気がつくとペーパータオルの箱を持ってきて、テーブルの上やテーブルの下を素早く拭《ふ》いてしまう。

「お客様、お召し物やおカバンは濡《ぬ》れていませんか？　お料理にかかってしまったので、新しいものをお持ちしますね」

そんな風に気遣いながらも、やんちゃな子どもに笑顔を見せたりして……

慌てていたお客も、馨のテキパキとした処置に安心し、何度もお礼を言っていた。

「ふふ。見てたわよ馨。やるじゃない」

「……そういうマニュアルなんだよ」

馨が私の席に来た時にさりげなく褒めると、彼は照れくさいのかそっけない反応。そして注文を取る機械を片手に、「ご注文をお伺いします」と淡々と続ける。

「んーとね、ファミレスに来たからにはチーズインハンバーグが食べたいところだけど、おもちがさっきからエビフライの写真をツンツンしてるから、エビフライも必須《ひっす》っていうか……あーでもっ！　でもカキフライも食べたい！　冬だもの！」

「んー、じゃあ冬のフェア用の、チーズインハンバーグとカキフライのセットを頼んで、エビフライはお子様ランチにもついてるから、おもちにはそっちで」

「うんうん、じゃあそれで」

「フェアのセットにはドリンクバー付いてるから、好きなもん取ってくるといい」

馨は手慣れた様子で注文を取ってしまうと、颯爽《さっそう》と厨房《ちゅうぼう》に消えた。

ドリンクバーでは様々な紅茶の茶葉が揃えてあったので、温かなアップルティーを持ってきて、しばらくおもちとしりとりをして遊ぶ。

おもちは隣の紙袋の中でぬいぐるみのごとく収まっていたが、そこから顔だけを出して小声で答えてくれていた。

「じゃー、最初は〝おもち〟」

「ぺひょ」

「んー、〝ちからこぶ〟？　ぶ……ぶ……　〝ぶたのまるやき〟」

「ぺひょ」

「ええっ、〝きなこもち〟？　ええと、ちー、ちー……　〝ちだるま〟。え、それはエグすぎるって？」

なんて、お互いにしかわからないやりとりをこそこそしていたら「お待たせしました」と馨が出来立て熱々のお料理を持ってやってきた。すでにいい匂いが漂ってる。

「わああ、美味《おい》しそう美味しそう！」

鉄板の上でジュージューと美味しそうな焼き音をたてるハンバーグ。

揚げたてカキフライが二個ついたセットだ。これはご飯が進みそう。

おもちのお子様ランチも、チキンライスと、エビフライと、プリンがついてる。これまた子どもの好きなものばかりで美味しそうねえ。

「あと一時間くらいあるけど、まあ食べながらゆっくりしていけ」

「うんうん。あんたもあと時給１１５０円稼いできなさい」

「なんで時給知ってんだよ」

「外の張り紙で見た」

さて。ファミレスって私、嫌いじゃない。

父と母がいた頃はよくファミレスで外食していたし、家族みんなで好きなものを食べる、そういう楽しい思い出があるからね。

「おおお……」

ハンバーグを真ん中で切ると、とろりと溢《あふ》れる熱々のチーズ。

この瞬間がワクワクする。王道で甘さのあるデミグラスソースがよく合うし、付け合せの温野菜やポテトも好き。カキフライなんて自分じゃ作らないから、久しぶりに食べると美味しいものだ。タルタルソースをたっぷりつけてサクッと齧《かじ》る。溢れ出る濃厚でミルキーな牡蠣《かき》の味わい。これが口一杯にじゅわりって広がる。じゅわりって。

「あらおもち、エビフライ丸かじりなんてリッチねえ。ご機嫌ねえ」

「ぺひょっ、ぺひょっ」

「それにしても、エビフライとおもち……なんか可愛い絵面だわ。写真撮っとこー」

そんなこんなで、ファミレスご飯を楽しんで、ドリンクバーでジュースをお代わりしながら馨のバイトが終わるのを待っていた。

途中、馨が私の元にやってきて、「ほれ」と頼んでもいないデザートをテーブルに置く。

「わっ、クリームあんみつ！　クリームあんみつだわ！」

「……あれだけじゃ、真紀さんの胃袋を満足させられないと思ってな」

「さっすが〜っ！　でもあんた、こんなに奢《おご》ってもらって大丈夫なの？　今日のバイト代どころか、明日のバイト代も消えちゃうんじゃ……」

そこがかなり心配。馨の汗水垂らして稼いだバイト代が私の胃に直結している気がして。

いや、それはもう今更なのかもしれない。

「気にするな。そのために働いてるようなもんだから……」

馨はなんか遠い目をしていたが、すぐにハッとして仕事に戻って行った。

せっかくなので、遠慮なくクリームあんみつをつつく。

馨って、酒呑童子の頃からずっと、私に尽くそうとするところがあるからな……

前まで私が横暴な態度をとっては、馨の天邪鬼を利用してそういうのを少し抑え込ませていたけれど、京都の一件からずっと馨は私に甘いし、私もまた馨にそれほど横暴な態度を取らなくなった。というか、いまいち上手《うま》くできなくなった。

なんでだろうなあ……

「あっ、おもち！　あんずとみかん食べちゃったわね！」

おもちがおとなしいと思ったら、私が物思いにふけっている間にあんみつの上にのっていたあんずとみかんを食べてしまっていた。「ぺひょ？」とか首を傾げてなに食わぬ顔をしているけど、嘴《くちばし》が色々な汁でべたついてますから……

しかしおもちのそういうところも可愛いと思いつつ、残りのあんみつを食べてしまった。ごちそうさま。ファミレスごはんを堪能《たんのう》しました。

お腹一杯になったおもちが紙袋の中ですやすや眠っている。

私はそれを微笑ましく思いながら、一方で英単語帳と向き合い、明日の小テストに備える。

お家だとテレビを見てお菓子を食べてダラダラしてしまうところだが、ここだと他にやることもないので集中できた。

馨もバイトの休憩中に、小テストの暗記をすると言っていたっけ。

毎日バイトをしていても成績がいいのは、集中力があって時間の使い方が上手だからなのでしょうね。私も見習わなきゃ。

しばらくして、温かい紅茶が飲みたいと思いドリンクバーのカウンターへと向かう。

「……？」

するとボサボサ髪のメガネの青年が一人、やけにあたふたとしていたので、何事かと遠目に見てみる。

ああ、紅茶の淹《い》れ方がよくわからないのね。

十種類以上茶葉が用意されているし、茶漉《こ》しとティーカップが一体型になった変わった形のものを使うから。

「あの……茶葉はここに入れるといいですよ」

さりげなく隣で、自分のカップに茶葉を入れながら教えてあげる。

声をかけられるとは思わなかったのか、その人はあからさまにビクッとしていた。そんなにビビらなくても、とって食ったりしないのに。

長い前髪と分厚い黒縁眼鏡にかくれてイマイチ顔は見えないが、隣に立つとなかなか背が高い。大学生くらいかな。Vネックのセーターがぶかぶかで、ひょろっとしてるなあと、適当な感想を抱く。

その人は私を見下ろし、ぽかんとしていたが、

「あ……ありがとう」

慌ててぺこりと頭を下げて、同じように茶葉をティーカップに入れた。私のをまじまじと見て、同じくらいの量を。

熱湯を入れる場所もよくわかってなかったので、「ここですよ」と教えてあげる。

語りかけるたびにビクッとしているので、人馴《ひとな》れしてない臆病《おくびょう》な小動物みたいで、こっちまでハラハラしてしまう。大丈夫かしら、この子……

「えっと、ここにも書いてるけど蓋《ふた》をして少し蒸らしたら、上にくっついてる茶漉しを取り上げるの。このままティーカップとして飲めるわ。茶漉しからお湯が漏れてしまうから気をつけてね。この蓋を反対側にするとね、茶漉しを置ける窪《くぼ》みがあって——……」

そんな風に、もう敬語も使わず説明してあげる。

大学生くらいの青年は、素直にコクコクと頷《うなず》き説明を聞いてから、またぺこりと頭を下げて、慌てて席に戻っていった。

席には同世代くらいの子が何人かいたので、友だちとファミレスに来てるのかなと思ったり。

まあいいや。私も人助けをしてあげて、それなりにいい気分。

そんなこんなで、ファミレスでの緩く穏やかな時間を過ごした。

「すまない、遅くなったな」

ちょうどバイトを終え、帰りの支度をして私のいる席までやってきた馨。

私はパタンと単語帳を閉じる。

「いいえ、意外と暗記が捗《はかど》ったし、食器の後片付けもしなくていいし、好きなだけ紅茶が飲めるし、これはこれでいいものね」

馨のバイト上がりと同時に、ファミレスを出る。

外に出ると夜風がまだ冷たく、吐く息も白い。

空を見上げても星はあまり見えないが、浅草の夜の匂いは嫌いじゃない。

「ねえ馨、どうせ帰るのなら隅田川《すみだがわ》沿いを歩いて帰りましょうよ」

「遠回りになるぞ。寒くないのか？」

「寒くないわ。おもち抱っこしてるし」

私のカーディガンに包まれたおもちは、抱っこされたまま眠り続けている。

そろそろおねむの時間だからねえ。

隅田川沿いの歩道を歩きながら、夜空を突っ切って光るスカイツリーを見上げた。バレンタイン仕様の、甘い色をしている。

スカイツリーは、季節やイベントごとに、その発光色を変えるから。

「はあ。今日は食べた食べた。悪いわね馨、あんたが働いてる時に」

「別に。俺が誘ったことだし」

「でもあんた、帰って何食べる？　今日買い出し行かなかったから、これといったおかずがないわよ」

「あっ。どこかで惣菜《そうざい》でも買ってくべきだったか……」

こんな時にぐーと、あからさまにお腹を鳴らす馨。

こういうの、いつもは私なのになって、思わず噴き出してしまった。

馨もまた、滅多にないことに赤面する。

「わ、笑うな！　俺はバイトでせかせか働いて腹が減ってんだ」

「わかってるわよ。なら馨、先にお腹に溜《た》まりそうなお菓子でも食べる？」

「……なんかくれるのかよ」

「当たり前でしょう。バレンタインなんだから」

私はくるりと馨に向き直ると、彼の為に用意したバレンタインチョコの箱を紙袋から取り出し、迷いなく差し出す。

「はい。本命チョコ」

馨はどこかあどけない顔になって、素直にコクンと頷いた。そして私の本命チョコを受け取って、それを見つめながら柔らかい笑みを見せる。

「毎年貰《もら》ってるはずなんだがな」

「あら。今年はいつもより頑張ったわよ。あんただけ他とは別だもの」

「ほおー。去年は義理チョコの輩《やから》より一つチョコが多いくらいだったからな……」

「えっ、そうだっけ？」

よくよく思い出したらそうだったかもしれないが、私はとぼけた顔をしてみせた。

だって、私たちってあまりに熟年夫婦だったもの。

バレンタインもお世話になった人にチョコを配るっていうのがメインイベントになっていて、馨の方がついでって感じ。馨もそんなに欲しがったりしなかったしね。

箱を開けて「おお、ブラウニー」と、馨はすぐにお菓子の正体に気がついてくれた。

「くるみ入りよ。七瀬に教わったレシピ。手で持って食べれるようにスティック状に切ってるから、お腹空《す》いてるならそれをつまんだらいいわ」

「もう食ってる」

早くも、もさもさとブラウニーを頬張る馨。

隅田川とスカイツリーの見える場所で、私たちは手すりにもたれてしばらく過ごした。

「おいしい？」

「おお。甘さ控えめで、俺の好きな味だ。流石だな」

そう。馨の好きな味も、もうすっかり分かりきっているというのにね。

でもなんだか照れくさくて、嬉しくて、少し切ない。

「ねえ、馨。不思議ねえ。私たちって、夫婦としての経験値は高いけど……恋人っていうのかな、こういう経験値は低いわねえ」

言いながら自分でも恥ずかしくなってくる。そういう感情を、頬をかきながらヘラヘラ笑ってごまかした。だけど馨は真面目に考えているみたいで。

「そうだな。酒呑童子と茨木童子だった頃は、ずっと夫婦だったからな」

「うん。だから、えっとね、馨が放課後に言ってくれたこと……その、私、いいんじゃないかなって思うの」

今度はもじもじと指をいじりながら。

「人間の人生を謳歌《おうか》し尽くすのも、今世の願いの一つよ。私、学生らしい恋愛、馨としてみたいわ」

「……俺も、同じことを考えてたよ、真紀。ここ一週間くらいずっと」

馨はブラウニーを食べてしまうと、ぺろっと親指を舐《な》める。

「お前が岡部に告白されたって聞いて、無性に焦った。そして思った。ああ、とうとう真紀が見つかっちまったんだって」

「へ？」

私はずっとここにいましたが、と自らを指差して首を傾げる。

いやそういうことじゃねーよ、と馨らしいつっこみ。ありがとうございます。

「お前、気がついてないかもしれないが、前よりずっと人間が好きになってるだろう。それまでは人間に対する不信感があったから、同級生にもなんとなく冷めた態度だったのに。でも、人間に対する興味や関心が、お前からわかりやすいほどに湧き出てきた。文化祭からだ。それは、他の奴らにとってみれば隙っていうか……お前が、気さくで可愛く映る、魅力なのかもって……あああああっ」

馨がらしくない言葉を綴《つづ》る中で、妙な声を上げて頭を掻《か》きむしった。

恥ずかしいんでしょうね。恥ずかしいんでしょうね。

でもまあ、馨の言いたいことは何となくわかった気がする。

「ふふ。要するに、あんた私を独り占めしたいのね？」

「そうだ。他の男がお前を見ているのも、あわよくば付き合おうとか考えるのも気に入らない。……お前はどうなんだよ。これからもずっと、俺が別の女に追いかけ回されても平気なのか？」

「そうねえ。彼女たちの夢を壊すのは忍びないけれど。でも、もうあんたへの思いを、周りに隠すのも難しくなってきたからね」

前まで、それは簡単にできていたことだった。

だけどもう、私たちはただの元夫婦じゃいられないみたい。

女子高生らしい新しい恋心が、すでに芽生えている。

「俺たちは夫婦であること、夫婦であったことに拘《こだわ》りすぎて、今を置き去りにしていた」

「ええ。でも、今しかできない恋を、あんたとならしてみたいわ」

そして、横目でお互いを見つめあって、クスッと笑って、軽く唇を重ねた。

私たちは、いつか必ず、また夫婦になる。

だけど今は、まだ夫婦ではない。

一瞬で過ぎ去っていくのであろう、この青春時代を楽しみましょう。それがきっと、いつかの大事な思い出となるのだろうから。


さて。

私たちが付き合いだしたということは、意外になかなかバレなくて、それはあまりにぬるっと、ごく自然に学校の皆の衆にバレていくことになるのだが、これはまた別のお話。

《裏》由理、式神業とかいろいろめんどい。

バレンタインかあ。

去年は、若葉と母さんが焼いたフォンダンショコラを食べたっけ。

今年はなぜか去年より多くのチョコレートを女子に貰ったけれど、寂しい気分になるばかりだ。大切な人から貰うものだからこそ、嬉《うれ》しさというのは際立つのだろうから。

僕、夜鳥由理彦《ゆりひこ》は、以前住んでいた家の団欒《だんらん》の、その温かな光のようなものを、隣の家の屋根の上に座りぼんやりと眺めていた。

「おい鵺《ぬえ》、てめーどこに行ったのかと思ったら、こそこそ古巣の観察か。任務が終わったら、さっさと戻れと言っただろうが」

ガサガサした声の男に文句を言われて、はあとため息。

振り返ると、そこには薄い灰色のツンツンした髪に、ミリタリージャケットを着た男が一人、月をバックに偉そうに立ち、僕をギロリと見下ろしている。

目の下には濃いクマがあり、耳には無数のピアス、胸元や手元にはジャラジャラとシルバーアクセなど、見た目で判断するならばあまり近づきたくないタイプの風貌《ふうぼう》なのだが、これが叶先生の式神である四神の一人・玄武《げんぶ》なのだから驚きだ。知らなかったら、普通に悪役と思っちゃうな、これ。

とはいえ僕は新人式神。

にこやかかつ申し訳なさそうに「すみません玄武さん」と謝る。

「玄武さんじゃねえ、リーダーと呼べ。貴様のような新人式神を俺様が直々に指導してやってるんだ。勝手な行動は許さねえぞ」

「はいはい、わかってますよリーダー」

僕は立ち上がると、かつての宿り木の、その温《ぬく》もりを背に、叶先生の式神を束ねるリーダーこと、玄武さんについていく。

本当は飛べるけれど、玄武さんと同じようにビルの屋根をぴょんぴょんと跳んで移動していたら、途中、玄武さんが急ブレーキをかけて空を睨《にら》む。

「ハッ、見ろよ。ミクズの偵察用管狐火《くだきつねび》だ」

玄武さんは目の色を変え、ミリタリージャケットをバサッと翻し、その内側に作った箇易狭間《はざま》よりバズーカ砲を取り出し、ニヤリと口角をつり上げギザギザの歯を見せる。

「よーく見とけよ新入り野郎。俺様が式神流にかっこよくアレを爆殺だ。女狐のスパイめ、塵《ちり》にしてやる！」

もう何言ってるのかさっぱりだ。

玄武さんはバズーカ砲を構えると、空に向かって迷いなく発射。

激しい爆発が空を浮遊する偵察用管狐火を飛散させ、一発で仕留めてみせた。一発っていうか、オーバーキルっていうか。

とはいえ、浅草の夜をお騒がせしないよう、方位結界で事象を包みこんで無音処理しているので、口と見た目は悪役っぽくても意識高い系式神なんだよな。

「相変わらずの戦闘狂ですね、玄武さんは。……あとそのジャケットの内側に、どんだけ爆弾とか銃器を隠し持ってるんです？」

「あ、てめ、覗《のぞ》き込むな！」

玄武とは亀の姿を持つ方位神だ。亀の甲羅に武器を溜め込む習性が千年前からあったけれど、今はそれが銃器な訳か。

ひらひらと舞い落ちてくる灰を払いながら、僕らはまた移動した。

どこへ向かったかというと、僕が日々通う学び舎《や》、明城学園。

その狭間にある旧理科室だ。

実のところ、叶先生の家というか基地は、ここからずっと遠い場所にある。

だけど叶先生は馨君の作った裏明城学園の旧理科室より、基地と繋《つな》がる道を四神に作らせ、そこを行き来して移動しているのだった。

それが、旧理科室がこんなに居心地良さそうな物で溢《あふ》れている理由でもある。

旧理科室には、叶先生こそいなかったが、代わりに金髪の狐の少女がいて、黒板に落書きをして遊んでいる。落書きに見えて、今後の作戦や予想などを何パターンも書き連ねているのだけれど。

「玄武、見回りは終わったのか？」

「は。やはりミクズのスパイが浅草に紛れ込んでいる模様であります。葛の葉様」

玄武さんがその金の狐の前で片膝《かたひざ》をついて畏《おそれ》る。誰だこいつ、とか思ったりする。

「5匹くらい狩ってやりましたよ。そこの新入りはサボってやがったみたいですが」

「そんなことないですよ。僕は10匹はやりました」

「……え？　いつの間に」

子供みたいに僕と玄武さんが張り合っていると、葛の葉さんはソファーにゴロンと寝転がり、チョコレート菓子をつまみながら……金砂石の瞳《ひとみ》をどこまでも冷たく細めた。

「やはり生きておるか、あの女狐め。ミクズも懲りぬ、困った女じゃ。葛の葉の姉とはいえ、これ以上人間の世を掻《か》き回されてはたまらんのう」

「……!?」

ミクズ……玉藻前《たまものまえ》と名高い狐と、晴明の式神である葛の葉は、姉妹……？

これは初耳の情報だ。

あえて僕に教えてくれるよう、葛の葉さんは語ったようにも思える。

「ぼけっとしやがって。葛の葉様のありがたいお話を聞いてるのかてめえ」

「もちろん。しかし面白いですよね。四神ともあろう玄武さんが、葛の葉さんにこうもぺこぺこしているのは」

「たりめーだろ！　葛の葉様は晴明の初期式神だ。初期式神ってのは特別で、他の式神には絶対に越えられない壁があんだよ。たとえそれが、伝説級の四神だろうがなぁ……」

なんか玄武さんが語っちゃっているけど、割とどうでもいい。

そもそも他の四神はどこに行ったのだろう。

「朱雀《すざく》は潜入の任務、青龍《せいりゅう》は隅田川の水質調査、白虎《びゃっこ》は晴明とラボに籠《こも》って研究中だ」

「晴明……叶先生はいったい何を研究しているんですか？」

それを尋ねると、葛の葉さんと玄武さんの顔色が少し変わった。

何も変わってないようで、少し。僕はそれを見逃さない。

「気になるのか、鵺よ」

「そうですね。……かなり」

僕はニコッと、人当たりの良さそうな笑顔を作る。かなり、かなりの部分を、強調しながら。

「かなり、か。鵺の言霊には逆らえぬ。そうじゃのう……」

葛の葉さんは「んー」と唸《うな》って、適当に考え込んでいるけれど……

叶先生よりずっと感情豊かでころころ表情も変わるのに、その本心が全く読めないところが、女の狐のあやかしだなあ……って。

「禁忌の術を、少々な。備えあれば憂いなし、じゃ」

口元に指を添えて、葛の葉さんは、これ以上は秘密だとその視線で訴えた。

なるほど。あの叶先生が、何かに備えているということは理解した。

わかったことといえば、それだけではない。

「あなたたちって……そうやって陰ながら、浅草を……いや、真紀ちゃんや馨君の現状というものを、守っているんですよね。以前、僕の家に現れた狐も、鞍馬《くらま》山《やま》で真紀ちゃんを助けた狐も、晴明神社に居たのもあなたでしょう、葛の葉さん」

「なぜそう思う？」

「あなたたちの仕事を任されるようになって、ようやく理解しました。正体がばれつつあるあの二人が普段どおり暮らせているのは、あなたたちが陰で動き、危険を排除しているからです。そうでなければ、真紀ちゃんや馨君はとっくに危険に晒《さら》されている」

「…………」

「なぜ。なぜ叶先生は、そこまでして、あの二人を……」

繋がらない。

前世の安倍晴明と、今の叶先生の行動が、まだ繋がらない。

それを知りたいと思うが、詳しく教えてもらうにはまだ僕の信頼が足りないみたいだ。

「我々の使命は、今世こそあの二人を幸せにすることじゃ。人間のまま、な」

人間の、まま。

それを強調し、僕の反応を確かめるかのような、葛の葉さんの深い色の瞳。

その瞳の向こう側にある、叶先生の謀《はかりごと》を、僕は知りたいと思う。

第三話　人間と人魚の婚姻譚

二月の下旬。

昨晩の降雪の影響で、道や屋根の上にはまだ少し雪が残っている。

寒さがしみる休日の午前中から、私はおもちと一緒に雪遊びをしつつ、スイの営む〝千《せん》夜《や》漢方薬局〟へと向かっていた。

「あー、寒い寒い。もこもこのおもちをぎゅー」

「ぺひょ〜」

しかし急いでやってきた薬局の前には「臨時休業」の看板が。

「あれ、今日お休みだって」

裏手に回り、自宅のチャイムを鳴らすと、「はいはい」とスイが出てきて、私たちを暖かな部屋の中へ上げてくれた。

スイは出かける準備をしていたみたい。

「もしかしてどこか行くの？　お店には臨時休業の看板が下がってたけど」

「うん。今日は立川《たちかわ》に住んでるご贔屓《ひいき》さんに、薬を届けなければいけなくてね。特殊な事情を持っておいでだから、俺が直接訪問してるんだ」

「ああ、そういうこと。今日とっても暇で、おもちもここへ来たがったから、何か手伝えることがあるかなって思って来たんだけど……」

スイは目をぱちくりとさせてから、コロッと笑顔になって「それは嬉しいね！」と。

「なら真紀《まき》ちゃんも一緒に来るかい⁉」

「え、いいの？」

「もちろんだよ。真紀ちゃんには……ぜひ紹介したい方だしね」

何かを企《たくら》んでそうな顔の、スイ。

気になるけれど、スイのお仕事についていける機会はあまりないので嬉《うれ》しい。

「おーいミカ君！　テレビばかり観てないでさっさと朝ご飯食べて着替えなさい。お出かけ用の一張羅買ってあげたでしょ！　あと髪もちゃんと梳《と》かす。商売に見栄えは大事なんだから」

「……うーん、わかってるー」

ミカは寝起きでぼんやりとしていて、午前のワイドショーを眺めては、子供のように朝ご飯を食べる手が止まっているのだ。

相変わらず朝が苦手なのね。隣に座って、ポンと肩に手を乗せてみた。

「わあっ、茨姫《いばらひめ》様！」

「ほらミカ、早く食べなさい。スイがおかんむりよ」

「はっ、はい！」

急いで朝ごはんを口にかき込むミカ。

急ぎすぎてむせていたので、彼の背を撫《な》でてあげた。

テレビではちょうど、巷《ちまた》で噂の芸人と女優の離婚なるものを特集している。

好き合って結婚したはずなのに、片方が不倫して、それが週刊誌に撮られて、のよくあるパターン。

「ところで茨姫様。不倫って何ですか？」

「えっ」

朝ごはんの傍ら、ミカがどうしても気になるという顔をして私に尋ねた。私、困る。

「えーと……伴侶《はんりょ》がいながら、別の人とこっそり愛し合うって感じ？」

「なぜ伴侶がいながら別の人と？　半年前に、結婚式をテレビで見たばかりですよ、この人間たち」

「う、うーん……」

ミカは解せない顔をしていた。

そりゃそうでしょうね。あやかしはとにかく一途だし、浮気しないわけじゃないけど番《つがい》と共にいる時間は人間よりずっと長い。

「そうねえ……この人たちの場合は当初から格差婚って言われてたから、何かとすれ違いが多かったんじゃない？　一緒に生活する上でお互いの行動や癖が我慢ならなかったり、お金の使い方が全然違ったり、一緒にいるのに寂しくなったり……。まあ、実際のところはよくわからないけど」

不倫や浮気の経験ないしなあ……なんて女子高生の身の上でしみじみ考えてみたり。

「人間ってねえ、短い人生だから心の移り変わりも早いのよ。あやかしからしたら、凄《すご》く生き急いで見えるでしょうね」

ワイドショーのネタに引っ張られて私までテレビを観ていたから、しびれを切らしたスイが、

「んもーっ、急いでって言ってるのに！　お母さんもう行くわよっ！」

となぜかお母さん口調で怒っていたので、私もミカもいよいよ慌ててお出かけの準備をしたのだった。

「茨姫様、今日は馨《かおる》様と一緒ではないのですか？」

スイの運転するワゴン車の後部座席で、ミカと並んで座っていた。

ミカはおもちをだっこしたまま、私に馨の不在を問う。おもちは車内に置いてあったミ

ニカーで一人遊びをしている。

「馨はここ最近バイトばかりよ」

「そうなんですか。馨様もお仕事大変なんですね」

ミカは馨を気遣うが、スイは、

「おかげで真紀ちゃんが俺たちのところに来てくれるしね。馨君もっと働いていいよ～」

「スイのその言葉をあいつが聞いたら、土日のアルバイト控えてしまいそうだわ」

「あはは。馨君そういう天邪鬼《あまのじゃく》なとこあるよねー」

馨のこういうところを見抜いているので、私は思わずプッと噴き出してしまった。

「ま、必死に働くのはいいことよ。受験生になったらこんなにアルバイトもできなくなりそうだしね。馨は多分、都内の難関大学目指すんでしょうし」

いや、あいつなら受験勉強しながらバイトもしてそうだけれど……

「じゅけんせい……って何ですか？」

「大学へ行くために死に物狂いで勉強する学生のことよ。私も一応進学希望だし、頑張らなくちゃ」

ミカはいまいちピンとこないみたいだが、スイは安全運転を心がけつつも一度チラッとミラー越しに私を見た。

「へえ。真紀ちゃんどんな大学目指すの？」

「大学っていうか短大よ。それも浅草から通える場所のね。本当は就職しようと思ってたんだけど、今の私にできることって何もないしねえ。……もうちょっと、普通の人間らしいスキルを身につけて、真っ当に就職できるようにしないと。スイみたいに、人間たちの営みの中で活《い》かせる特技があったらよかったんだけど」

「あはは。あやかし界隈《かいわい》じゃできることたくさんあるのにねえ、真紀ちゃん。でもそっかあ、女子大生真紀ちゃんが見られるわけかあ。それはそれで心踊る……」

スイのニヤニヤ顔がミラー越しに見える。

馨がここにいたらつっこみのオンパレードで大変だったわね。

「ただ、親戚《しんせき》に迷惑かけるのがしのびないのよね。両親の貯金があるし、短大くらい行かせてあげるって叔母《おば》さんは言うんだけど……もともと、自分のわがままで一人暮らしをさせてもらっているしね」

「なあに。いざとなったら俺が真紀ちゃんを短大に通わせちゃうよ～。そのくらいの蓄えはあるからね」

「ぼ、僕も！」

「ミカ君は無理。君は自分のお財布に千円も無いでしょ」

「なんだと！　僕だって貯金箱にずっと十円玉を蓄えてるんだぞ！」

などと眷属《けんぞく》たちがヒートアップしてたので……

「こらこら。二人がそこまでする義理は無いわよ。特にスイ、あんたは可能そうな分ね」

「なんでー、なんでなんで！　真紀ちゃんの親戚よりずっと俺の方が親戚の叔父《おじ》さんのような気持ちで真紀ちゃんを見守ってるのに！　真紀ちゃんの人生に貢献したいよう、役に立ちたいよう」

「僕も！」

「ミカ君はまだ無理。まずは早起きできるようになって、自立してからだ」

「なんだとー」

「…………全く」

やれやれと呆《あき》れてしまうほど、この子たちって本当に……

「気持ちはありがたいけれどね。じゃあ……私が進学や就職に失敗したあかつきには、スイの店で雇ってもらおうかしら。そしたらミカにもお仕事を教えてもらえるわ」

半分冗談でそんなことを言うと、

「おお、それがいい。そうしよう真紀ちゃん。どんな就職先よりずっといい労働環境とお給料を保証するよ～」

などと、まだ決まったわけでもないのに張り切る、スイ。

「わーいわーい、茨姫様と一緒に働けるーっ！　でも茨姫様の受験とやらも、応援してます僕は」

よくわかってないまま、喜んだり私を応援してくれているミカ。

過保護で愛情深い彼らは、いつも私の幸せを願い、様々な角度から見守ってくれている。

本当にね、自分の幸せを願ってくれている人が身近にいるってことは、幸せなことよ。


そんなこんなで、車は目的地に着いた。

結構長いことドライブをして辿《たど》り着いたのは、場所でいうと東京の西側、立川市。

駅近くの繁華街はかなり栄えているんだけど、少し外れるとのどかな畑の景色を楽しめる、浅草《あさくさ》界隈とは空気の違う土地だ。

スイがワゴン車を止めたのは、そんな景色には少々不釣り合いの洋館の門の前。

チャイムを鳴らし門を入ると、見上げるほど巨大な並木が出迎えてくれる。かなり広い敷地を持つお屋敷のようだ。まるで公園のよう。

「わあ。とても大きな木ね」

「ケヤキの木だよ。武蔵野の辺りには昔からたくさん生えてるんだよね。特にこの石崎《いしざき》家のケヤキ並木は見事でね」

並木道を歩いていると、雪解け水が頭にちょんちょんと零れ落ちて……うーん、冷たい。

さて。並木道を抜けると古い洋館があるのだが、その前に立った私、圧倒されて緊張してしまう。なんせ、とても立派で大きな洋館だ。

「へ、へえ。相当なお金持ちのお客さんを持っているのね、スイ。こんな大きな洋館に来るなんて思わなかったわ。ヨレヨレの普段着で来ちゃったんだけど」

「それは大丈夫だって。俺のお客様には、人間であれ、あやかしであれ様々な事情を抱えたひとが多いから、お金持ちだっているよ〜。……とはいえ、真紀ちゃんには少し、衝撃的な場所かもしれないけど」

いや、確かにすでに衝撃を受けていますけれど。

しかしミカを見ても妙に真面目な顔をしているし、スイの言う衝撃とは、また別のものかもしれない。ここにはいったい何が……。

「遠路はるばる、ようこそいらっしゃいました、水連《すいれん》先生と、助手の皆様」

車椅子に座った白髪の男性が、執事と共に玄関先で待っていた。

執事がいるなんて大富豪か貴族に違いない。ますます緊張してしまう。

「こんにちは、石崎のお館様」

「おや、そちらのお嬢さんは初めてお会いしますな」

このひとは人間だ。あやかしではないとすぐにわかる。

初めて会う人間には、人見知りが出がちな私ではあるが、そのおじいさんがあまりに柔らかく微笑んだので、私の緊張も少しほぐれ、なんとか笑顔を作る。

「俺の可愛い姪《めい》っ子ですよ、石崎さん」

「おや。ということはあやかしなのですかね？」

「あはは。まあ想像にお任せします」

このおじいさん、あやかしの存在を認めている。

わざわざ遠い浅草からスイを呼びつけるくらいだから、あやかし関連の訳ありのお客様ってことかしら。

「あの……真紀です」

下の名だけ名乗り、ぺこりと頭を下げた。

石崎のお館様は、よく見ると片足が無かった。


洋館の中は、驚くほど静かで厳かな、真昼の空気が流れている。

中央の階段には赤いカーペットが敷かれ、踊り場の窓にはステンドグラスがはめ込まれていた。

「…………」

そこから差し込む陽光が、古い屋敷の埃《ほこり》を照らし出す。

埃はこの屋敷のゆっくりとした時間を象徴するかのように、音もなくチラチラと、光を纏《まと》って移動していた。それは限りなく、ゆったりとした動きだ。

「まずは石崎のお館様にお薬を出しますね。ミカ君は真紀ちゃんを連れて、奥様のところへご挨拶《あいさつ》に行っておいで。後で俺も行くから」

「……うん」

ミカの表情がいっそう引き締まる。いや、強張《こわば》ったというべきか。

「よろしくね。ミカ君とおしゃべりができるのを、あの子はとても楽しみにしているよ」

……あの子？

お館様が自分の奥様のことを〝あの子〟と呼ぶのが少し妙だと思ったが、特に何も聞かずに、私はおとなしくミカについていくことにした。

執事の案内でお屋敷の長い廊下を歩く。

立派な洋館なのに、やはりシンと静まりかえっていて、人は見当たらない。

時々小さなあやかしたちの気配がするけれど、この手の屋敷にはよくいる類《たぐい》のものばかりなので、この際は問題視しない。

「ミカは何度かここへ来たことがあるの？」

「ええ、茨姫様。石崎のお館様の奥様とおしゃべりするのが、僕の仕事のようなもので」

「……へぇえ。可愛がってもらってるのね」

ご夫婦にとって、ミカは孫のように思えるのだろうか？

そんな曖昧《あいまい》な想像をしていたら、執事がある部屋の前で止まり、鍵《かぎ》を使って扉を開いた。

中に奥様がいらっしゃるのだろうかと背筋を伸ばしたけれど、そこは広い客間のようで、誰もいない。奇妙に思っていると、

「どっせい」

「!?」

いきなり重そうな本棚を横にスライドさせる執事。びっくりした。

「え……っ!?」

さらには、本棚に隠されていたものに私は驚かされる。

厳重に鍵をかけられた隠し扉があるではないか。

「何、これ。海外ドラマとか映画でこういうのよく見るけど、奥様はこの向こうにいるっていうの」

「……ええ、茨姫様」

訳ありとは思っていたけれど、それは自分の想像以上に大きな〝訳〟かもしれない。

いくつもの鍵を開けて扉の向こうに出ると、後から新しく作られたようなフロアがあり、不自然にエレベーターだけがある。

それに乗ると、感覚的に下へ下へと降りている気がする。地下があるということか。

「どうぞ」

エレベーターを降りるよう促され、また廊下を歩み、カードキーで開かれた厳重な扉の先で私が目にしたものは……

「何……これ」

目に飛び込んできたのは、青く透きとおった水のうねりと、揺らめいて巻き上がる泡。

そこはまるで水族館のようだった。

ガラスの壁の向こう側で海藻やサンゴが揺れ、色とりどりの魚たちが泳ぐ、人工的に整えられた美しいアクアリウムとなっている。そして、

「うそ……人魚だわ。人魚がいる！」

驚いてガラスの壁際まで駆け寄る。

この中を悠々と泳ぐのは、一人の人魚だ。

鱗《うろこ》は桃色で、髪はラベンダーと青のグラデーション。瞳《ひとみ》はエメラルドグリーンで、耳はヒレのようになっている。優雅に泳ぐ人魚を目で追い続けた。

「ぺっひょ〜っ！」

ペン雛《ひな》なおもちも、水中で泳ぐ魚たちを追いかけて、部屋を駆け回っている。元はペンギンでもなんでもないのに、泳ぎたそうにしているのだ。

「奥様、水連先生の助手の深影《みかげ》様と、真紀様ですよ」

「……っ！」

人魚が私たちに気がつき、子供のようにはしゃいでガラス越しに私と目を合わせる。

そして、スイスイと上へ泳いで姿を消したと思ったら……

「わっ」

いったいどこからやってきたのか。

部屋の隅に筒状のスライダーがあり、そこを通って部屋の隅を流れるプールにドボン。

なるほど。上から自由に行き来できる仕組みなのね。

最初から気にはなっていたけれど、床には水路のように、自由に泳げる人魚の通り道が張り巡らされていた。あ、おもちが勝手に泳いでる……

「人魚って、今世では初めて出会うわ。千年前は丹後《たんご》の海で、酒呑童子《しゅてんどうじ》に色気を振りまいていた人魚たちを何度も威嚇したことはあるけれど」

「人魚は人に乱獲され、昔に比べて大幅に数を減らしているらしいです。基本的には遠い海の彼方で生活していて、陸に近寄ることはほとんどないとか」

「ミカ、詳しいわね」

「……前にここへ来た時に、教えていただいたのです。お館様に」

人魚がプールから身を乗り出し、ミカに向かって手を伸ばしていたので、ミカはその手を取った。そして、彼らしくないほど淡々と続ける。

「人魚は歌を歌い同族と交流を持ちますが、言葉を発することはありません。ゆえに、今まで誰も彼女の心の内側を知ることができませんでした。だけど……」

「ミカの黄金の瞳なら、それが可能なのね」

「……そうです」

「この子は、何を思っているの？」

　ミカは少しためらいながら、黄金の瞳を抱く目元に手を当て、目の前の人魚の心の声を私に教えてくれた。

「寂しい。寂しい。……絶対に許さない。と」

　……ぞっと、背筋が凍るような心地だった。

　目の前で幼気な笑顔を振りまいているこの子が、内側にそのような感情を抱いていようとは、微塵《みじん》も思わなかったからだ。

「それは……どういう、こと」

「そこまではわかりません。彼女からは深海の景色と、篭《こも》った水の音と、その中で微《かす》かに聞き取れる言葉だけが、伝わってくるだけで」

　そもそも、なぜこの人魚は、海が近い訳でもないこの屋敷にいるというのだろう。

　人魚はかつて、その肉が不老不死をもたらすという伝説のせいで、ミカが言っていたように人間たちによって乱獲されていた時期がある。

人魚はあやかしに数えられるが、一般的なあやかしとは少しタイプが違い、化ける能力は持たない。ただ保持する霊力は高く、見つけさえすれば一般の人間にも当たり前のように見えてしまうため、その美しい容姿や歌声も相まって、観賞用としての価値が高かった。

もしかして、この人魚もまた……

「レイヤは、私が買った人魚ですよ」

その時だ。石崎のお館様の声がして、振り返る。

お館様は、スイに車椅子を押されてこのアクアリウムに来ていた。

「レイヤ……？」

「その人魚の名です。私が名付けました」

お館様の姿を見ると、人魚のレイヤはプールから飛び出して、床の上で一度つるんと転がったかと思ったら、ピチピチと跳ねてお館様のもとへと急ぐ。

彼の膝《ひざ》にしがみついては、とても嬉《うれ》しそうに尾ひれを動かして甘えているのだ。

お館様も、そんなレイヤの頭を撫《な》でて、切なげな、しかしどこか苦しげな顔をして見つめている。

「私は若い頃に事故で片足を無くしまして、酷《ひど》くふさぎこんでいた時期がありました。その頃、知り合いに『人魚を見てみないか』と誘われたのです」

お館様が語り始めた話によると、かつて、定期的に催されていた〝人魚市〟というものがあったようだ。

暇と金を持て余した富豪たちが人魚を物色し、自らの観賞用に買い取ったり、客寄せの見世物として買ったり、不老不死の伝説を信じた者が人魚の肉を求めて買ったり……

それは当然、違法の闇市だった訳だが、今ほどあやかしに対する取り締まりが厳しくなく、人魚の売買は、富豪や貴族の間では当たり前のように横行していたらしい。

「私は最初それを信じられずにいましたが……実際に人魚市に連れられ、そこで本物の人魚に出会ったのです。それが彼女です」

今、目の前にいるレイヤという人魚の手を、老いたその手で、お館様はぎゅっと握りしめている。

人魚市には、狭い水槽に閉じ込められた、若い女の人魚が数匹いたらしい。

人間の前にさらされて、酷くおびえた様子でいたと、お館様は語った。

仲間たちと意思伝達に使う鳴き声が、美しい〝歌〟のように聞こえたため、人間たちに無理やり歌わされ、それが一つの悪趣味なショーのようであったと。

歌や容姿を評価し、競りにかけられる人魚たちを見ていて、お館様は震えが止まらなかったという。しかし同時に、涙を流しながらも、運命に抗《あらが》うがごとく力強く歌う姿に、酷く胸を打たれ、魅せられてしまったと……

「隣の席にね、不老不死という欲望を抱き、人魚の肉を求めてやってきた財閥の夫人がいましてね。その人が、このレイヤに目をつけ、買い付けようとしていました。助けたかったと言えば、聞こえはいいでしょうが……結果的に私がやったことは、大金をはたいてその夫人と競り合って、この子を買ったということ。それは許されることではありません」

「……そうね」

私は無感情の声で、ただそれだけ答えた。

お館様は私の冷たい声にハッとしていたが、視線を落としながら苦く微笑み、頷《うなず》く。

「私はそれまであやかしの存在すら知りませんでした。ゆえに、レイヤを買った後、まずはあやかしについて調べたのです。どのような環境を整えてあげればいいのか、どのような食事を必要とするのか、病や怪我をした時はどう知ればいいのか。本当に何もわからなかったのですから。それで辿《たど》り着いたのが、浅草であやかし専門の薬局を営む水連先生でした。まさかご本人があやかしだったとは知りませんでしたが……」

「あっはっは。よく言われますよ〜この手の話で俺に辿り着いた人間には」

明るく語るスイに、私はすっと視線を向けた。

スイは私の視線の意図に気がついたのか、

「俺を問い詰めたいような顔してるね、真紀ちゃん」

「わかってるのなら話は早いわ」

「いいね。真紀ちゃんのそのちょっとキツい視線、久々でビリビリくるよ〜」

この男はいつもの調子で茶化すが、私が真面目な顔、はたまた怖い顔をしていたのですぐに落ち着き、彼なりに説明をした。

「真紀ちゃん。世の中にはね、時と場合というものがあるよ。レイヤさんの場合はね、今となってはここが一番安全なんだ。人魚は遠い海で誰にも知られずに生きるか、誰かによって保護されるかしか、もう選択肢がない。お館様は何度かレイヤさんを海に帰そうとした。安全な海を調べ、多額の資金を使ってまでね。でも、当のレイヤさんがそれを全身で拒否したのだから、仕方がないよ。俺もその場面は何度も見てきたからね」

「……そうなの？」

「そりゃもう、駄々っ子みたいだったよ。首を振って、尾ひれで水をぶち撒《ま》いて、いやだいやだって暴れて。言葉がわからないから、彼女の本音はわからないけれど、ここを離れたくないというのは見ているだけでわかったかな」

一連の会話の意味がわかっているのか、レイヤはびくりと肩を上げて、やはりイヤイヤと首を振る。そして膨れっ面になって拗《す》ね、床を流れるプールに潜ってしまう。

確かに、ここを出て行きたくないというような意思は伝わる。

「そういえば、レイヤのことを奥様だって、言ってたわね」

「ああ……あはは。正式な夫婦ではありませんが、私たちは長年、ここで夫婦ごっこをして遊んでいるのです。私はレイヤにすっかり惚《ほ》れてしまい、独り身を貫いて彼女を妻のように思ってきましたが、かといって本物の夫婦にはなれませんので。だけど、もう夫婦ごっこは、終わりが近い」

「……え？」

この空間の前方に、グランドピアノが一台ポツンと置かれている。プールはその側まで繋《つな》がっているようだった。

執事がお館様を、車椅子ごとピアノの前まで運び、高さを調節する。

「足は片方しかありませんがね、私の両手はよく動くのです」

そして、お館様はピアノを弾き始めた。

床のプールを自由に泳いでいたレイヤは、ピアノの音に気がつくと、慌ててピアノの側まで移動する。

そして執事がスッと用意した大きな水の桶《おけ》に飛び込んで、お館様と顔を見合わせる事のできる場所に落ち着いた。

その時、飛び散った水が私たちの元まで届いて、髪や服が濡《ぬ》れたけれど……

べつに構いやしないわ。

だって、ピアノの旋律に合わせて歌う高らかな人魚の歌声に、ここにいた誰もが圧倒され、聞き惚れてしまったのだもの。

それは、言葉のない美しい人魚が、自らの意思を伝えるための鳴き声。

海のさざ波と、潮の香り。そういうものを聞き取れる。

静かな夜の海の真上に、ぽっかりと浮かぶ月が見える気がする。

それらは空想であり、脳裏に浮かんでは泡のように消えてしまう儚《はかな》いもの。

お館様のピアノの音とレイヤの歌声は不思議な調和を生み、この広く四角い空間で、信頼すら感じられる音を奏でていた。

それは言葉を通いあわせることのない、二人だけの会話なのかもしれない。

だからこそ、私は解せなかった。

人魚を売買することは絶対に許してはいけないこと。

だけど、スイの言ったように、こうなってしまった以上、レイヤがここにいることが最も安心なのだという言葉も理解できる。でも……

じゃあ、先ほどミカが言った、レイヤの心の言葉の意味は？

わからない。でも理解しなければ。

「ねえミカ。私に、その黄金の瞳《ひとみ》の力を貸して」

「……茨姫様？　わかり……ました」

柔らかく奏でられる旋律の中、私はミカの手をとって目を瞑《つぶ》り、彼の黄金の瞳の力を借りた。瞼《まぶた》の裏側に、かの人魚の心を映し出したくて。

『寂しい。寂しい。あなたを絶対に許さない』

その言葉は、確かに人魚のレイヤから感じ取れる。

遠い異国の、夜の海だった。

レイヤは姉たちと共にこっそり陸に上がり、砂浜で歌を歌っていたが、そのせいで人間たちに見つかり、捕らわれ、狭い水槽に閉じ込められてしまう。そして異国の人外商人によって、姉たちと共に連れてこられた。遠い日本まで。

お館様に買い取られたばかりの頃、彼女は随分とこの人を警戒していたようだ。

しかし日々優しく語りかけ、ピアノを弾いて聞かせ、海と同じ心地よい居場所を与えてくれた、歩く足を持たないその人に……レイヤはいつしか、心を開く。

それだけではない。一度好きだと思ってしまったら、それはもう止めようのない、唯一の恋心となってしまった。

だからこそ、海に帰そうとしたお館様に全身で嫌だと伝えて、ここに留《とど》まり続けた。お館様の側にいることが、彼女の幸せだったからだ。お館様が徐々に老いても、その気持ちは変わらなかった。

だけどある日、レイヤはお館様に告げられる。

自分はもう長くないこと。

病を患い、余命は一年も無いということ。

『寂しい。許さない。愛しいあなたを許さない。……置いて行かないで』

レイヤの無邪気な笑顔の向こうにある、心の奥の不安と嘆き。

私はそれを、しっかりと受け取った。

そして、理解した。

この二人にはもう、共にいる時間がほとんど残されていないこと。それをお館様もレイヤも、すでに理解していること。

置いて行かないでという言葉が、私には痛くて辛《つら》い。

とても他人の思いとは思えない。

このたった一言の重みを、私はよくわかっているつもりだ。思わずホロリと涙がこぼれてしまったのは、いつかの自分と重ねてしまったから。

そう。

あなたはそんなに、自分を買ったお館様のことを、愛しているのね……

「レイヤ……」

私は瞼を開け、歌い終わったレイヤに近寄り、優しく抱きしめた。

「??」

レイヤは少し驚いていたが、愛らしい笑顔で無邪気に戯れ、私の頬をペチペチ触ったり、猫っ毛をくるくるして遊んだり。

だけど、そうやって何もわかっていないような笑顔を振りまいて、もうすぐいなくなる大事な人を困らせたり悲しませたりしないよう……ただ、本心を隠し続けている。

それほどに、健気な愛を注ぐ人魚姫。

人間とあやかしは、生きる速度がまったく違う。

お館様がいなくなっても、この子はまだまだ生き続けるだろう。

人魚の寿命はあやかしの中でも長い方だと聞く。

ゆえに、その肉が不老不死の妙薬になると……

「……っ」

突然、ミカがこの場所を飛び出した。

最初は驚いたが、彼もまた私と同じレイヤの思いを感じ取ったはずだ。

私はミカが何に気づき、何を恐れ、何が悲しくて部屋を飛び出したのかを悟る。

「行ってきてあげて、真紀ちゃん。多分、ミカ君が一番、この感覚に疎いから」

「……ええ」

スイにおもちを任せ、私はミカを追いかけた。

エレベーターの脇でちょこんと座りこんで泣くミカを、すぐに見つける。

「ミカ。どうしたの」

隣に座って、優しく声をかけた。

ミカは私が隣にいることに気がついて、抱えていた膝《ひざ》をいっそう引き寄せる。

「茨姫様は、人間です。人間は、人間は、百年も生きない」

ミカは、顔をあげることもなく。

「茨姫様も、また、僕らの前からいなくなってしまうのですか」

それを意識してしまったからこそ、耐えられなくなったのだろう。

私は、自分自身が泣いてしまいそうなのを我慢したまま、包み隠さず「そうよ」と告げる。

「ミカ。私はもうあやかしではなく、ミカやスイのように長生きではない。あなたたちは歳をとらないのに、私はどんどん大人になって、ゆくゆくはおばあさんになって、レイヤとお館様のように、あなたたちとの別れを意識しないといけない時は、来るでしょうね」

「……嫌です、僕。せっかくまた会えたのに、たった百年だなんて」

「ミカ……」

百年は、ミカにとって短すぎる。彼はどんなあやかしより長生きで、殺されたり自ら死を選ばない限りは、永遠に生き続けることができる。それほどの格を持っている。

それは、寂しがりのミカにとって、残酷な運命だ。

「だけど、一つだけ。僕、気がつきました」

「……ミカ?」

ミカはふと顔を上げた。

暗い天井をゆっくりと見上げて、涙に滲《にじ》む金色の瞳を細める。

「茨姫様と馨様は、同じ人間です。それがとても嬉《うれ》しい。どちらかが長い間、置いてけぼりになるなんてことは……もう無いのですね」

「…………」

「お二人が生も死も同じ速度で歩めるのなら、それでいいや。置いてけぼりになるのは、僕やスイで、いいやって……思いました」

ミカ。深影。

なんて優しく、悲しいことを言うのだろう。

だけど、どれだけ幸せで平穏な生活を送っていたとしても、私がいつかこの子を、眷属《けんぞく》や元眷属たちを再び置いていくのは事実だ。

それが人間に生まれ変わったということ。

かつてとはまた違う、彼らにとっては早すぎる別れが、絶対に訪れる。

「ミカ。だから私は、幸せになりたいのよ。一分一秒を惜しみなく、大好きな人たちと過ごして、思い出をたくさん作りながら生きていきたい。あなたたちに残せるものが、あるのなら……そういうものを、残していきたいわ」

ミカの手をぎゅっと握って、その頭を抱き寄せた。

生きている間に、私がこの子たちにできることって、なんだろう。

ひたすらに抱く思いがあったといえば、いつか私がいなくなっても、彼らが強く幸せに暮らせる場所を、浅草に作っておきたいということ。

もちろん彼らが他の土地に居場所を見出《みいだ》すのなら、それで良い。

だけど長い人生の中で、どこに行けばいいのかわからなくなった時に、そこへ帰りたいと思える場所があるといい。

彼らの安住の地が、あるといい。

『私の姿が見えなくても、この声が聞こえなくなっても。たとえ私がこの世からいなくなっても。……運命を呪わず、決してその命を無駄にせず、自分のために強く生きて……』

かつて茨姫が彼らに言った言葉を思い出す。

長生きな彼らにとって、なんて無責任で、呪いにも似た言葉だっただろう。

今世は……最後の最後に私が笑っていること。

私が悔いの無い人生を全うしたのであると、彼らにしっかり見せること。

これがいかに大事なことなのかを私自身が理解し、強く生きていかなければならない。


石崎の洋館で、スイがお館様と人魚のレイヤの診療を終えた後のことだ。

「ねえ……スイ。石崎のお館様は、本当に余命一年なの？」

「まあ、病の進行具合から言うとそうなるね」

「スイの薬でも治らないの？」

「俺の薬は、死の運命が決まった人にはもう効きようがないよ。それに石崎のお館様も、自分の病を受け入れている」

帰りに立ち寄った回転寿《ず》し屋で、それぞれ好きなお寿司を取って食べながら、私たちはしんみりした会話を続けている。

おもちは初めての回転寿しにぺひょぺひょ興奮してるし、ミカは慣れた様子でおもちに玉子とサーモンをとってあげた。

私はというと、深刻な表情のまますちゃっかり大トロとかボタンエビとか金色のお皿を取ってしまうし、時価のウニとか頼んでしまう。スイのおごりだからって……

「石崎のお館様がいなくなったら、レイヤはその後、どうなるの？」

「陰陽局《おんみようきよく》に保護してもらう算段のようだ。かつて乱獲された人魚を保護し、海に返せるよう訓練する施設があるらしいが、人間に守ってもらいながら生きることを選ぶ人魚も少なからずいるんだって。そういう選択肢は、あの子に残されているよ」

「……そう」

それを聞いて安心、とまではいかないが、レイヤのその後のことを石崎のお館様は私たち以上に考え、案じているのでしょうね。

残された時間を、レイヤと共に、穏やかに過ごしながら。

「うん。私、もっとスイのお店手伝うことにするわ」

「え、なに？　就職活動？」

青魚好きのスイが、イワシのお寿司を食べる手を止めつつ。

「違うわよ。この時代にミカやスイと一緒にいられることに感謝して、家で無駄に時間を過ごしてダラダラするのやめようと思って」

私の言わんとしている本当のところを、スイはすぐに察してくれたみたい。

なんとも言えない顔をして笑い、ガリをつまんだ。

「わーい、茨姫様がいっぱい遊びに来てくれるぞー」

「って、ミカ君さっきまでめそめそしてたくせにもう元気だね。イクラばっかり食べてやがりますし」

「ぺひょ〜……」

「あ、おもちが初めて食べたネギトロ巻きの美味《おい》しさにびっくりして、心がどっか飛んじゃってるわ」

いまだ切ない思いに鼻の奥がつんとしてしまっているが、これはお寿司のわさびのせいかもしれない。

こんな風に愉快な仲間たちと過ごす何気ない日常が、いっそう愛しく思える。

それはかつての茨姫が願った、幸せの一つだった。

第四話　馨、手乗り真紀のお世話係になる。

俺の名前は天酒馨《あまさけかおる》。

高校生にして数多くのアルバイトをこなしてきたが、最近まで忙しくしていたファミレスの方が落ち着いたかと思うと、今度は一風変わったアルバイトを頼まれた。

「さすがは馨様！　空間把握能力の高さはピカイチでございますね！」

「背景作画に、お頭が使い物になるなんて思わなかったんじゃ〜、教えたらすぐに覚える、相変わらず無駄に器用じゃな〜」

「無駄ってなんだ、無駄って」

さて。ここはのばら荘の101号室の、獣道《けものみち》姉弟の部屋だ。

姉の熊童子《くまどうじ》は礼儀正しくしっかりもの。

弟の虎童子《とらどうじ》はひょうきんな奴だが仕事ができる。

かつてこの姉弟は酒呑童子《しゅてんどうじ》の両腕として働いた忠臣であったが、今は超売れっ子の二人組の漫画家である。

「ていうかお前たち超売れっ子なのに、なぜこんなボロアパートに住んでいるんだ？」

「あ。実は別にマンションの一室を持ってまして」

「浅草《あさくさ》に引っ越してきたのも、元々はネタ探しと気分転換のつもりじゃった。あやかし専用のアパートってのも珍しかったしーじゃなー」

「そっすか……」

今回は、こんなセレブな鬼獣《きじゅう》姉弟の要望で、しばらく漫画家のアシスタントをすることになった。

俺は漫画的なイラストは描けないが、昔から狭間《はざま》の設計図や、景観のイメージ図なんかは描いてきたので、その腕を見込まれ、漫画の背景作画ならできるってことで。

今時の漫画家はパソコンで漫画を描くみたいだが、虎と熊は今でも手描きをメインに漫画作りをしているのだとか。カラーだけはパソコンを使うと言っていた。

「新しい背景アシスタントが見つからなくて、困ってたんじゃ」

「アニメも四月から始まるため、描き下ろさなければならないものも多く……お手を煩わせてしまい、申し訳ありません馨様」

虎と熊は少し申し訳なさそう。でも俺はさっきから感激している。

「いや何、むしろ光栄だ。まさか俺が、愛読しているお前たちの漫画の手伝いができるなんて思わなかった。しかも普通のアルバイトより稼げるし……っ」

「もちろんでございます。馨様の手をお借りするのですから、アシスタント代は奮発いたしますとも」

「そんな、熊、悪いよ」

と言いつつ、満更でもないにやけ顔の俺。

「しかしじゃなー、結構しんどい仕事じゃよー漫画家アシってのは。お頭がどのくらいもつか見ものじゃな……」

「お、言ったな虎。俺はやる、やるぞ」

というわけで、熊と虎はそれぞれデスクに座り、俺はアシスタント用のデスクに座って、指示された資料とにらめっこしながら、淡々と背景をなぞっていく。

最初こそ使い慣れないペンに苦労したが、一時間ほど練習したら慣れた。我ながら器用さと仕事を覚える速さはピカイチ。

俺は虎と熊の漫画の大ファンだ。背景の雰囲気も頭にインプットされている。

しっかり仕事をこなし、こいつらを助けるのだ。そして単行本の最後によくあるスペシャルサンクスに、俺の名前を刻む……っ。

「ああああああっ、描けぬ。描けぬうううううっ!!」

「!?」

「あね様！　あね様落ち着くのじゃ！」

突然、いつもあんなに落ち着いている熊が取り乱し、デスクに頭を打ち付けていた。

「理想のイケメンが描けないからって、毎度取り乱していては原稿が間に合わんのじゃ」

「でも虎ちゃん！　まだ駆け出し漫画家だった時のことをどうしても思い出してしまって！　絵柄が古臭くて、イケメンキャラがやたら濃くてゴツすぎるって言われて……っ」

「あね様！　ネットの悪口なんてもう忘れるんじゃー。エゴサ禁止！」

「アンケートで上位が取れなくて、売上もイマイチで打ち切りになって……っ」

「あーあーあー。トラウマ、トラウマ発動じゃー」

「…………」

なんだかよくわからないが、漫画家って大変だな……

現在の結果ばかりに気を取られていたが、多くの苦労があって今があるのだろう。

そういえば、けものみち先生は今度アニメ化される「もののけ王の弟子」の前にも、何か別の漫画を描いてたっけ。学園バトルもの。それが「俺たちの戦いはこれからだ！」というお決まりのフレーズで終わったのを俺もいまだに覚えている。

あの頃はまだ、確かに拙い絵だったかもしれない。

でも今じゃ画力の高い漫画家として名前が挙がるくらいだ。

和風の作品だからこそ、手描き感の迫力と温かみが光り、古臭く見えるのに一周して今風、という絵柄が支持されているみたいで……

「時として悔しい思いはバネになるもの。あれから私は猛烈に画力を高め、今時の絵というものを研究し、支持されるイケメンも描けるようになりました。とはいえまだ理想には程遠く……というわけで、我が王。イケメンっぽいポーズを取ってください」

「は？」

「それは名案じゃ、あね様。お頭は顔とスタイルだけはいいからーじゃなー。まあ昔の酒呑童子に比べたら多少ヒョロっちいんじゃが」

「おいそれどういう意味だ、虎」

なぜかジリジリと俺に迫り来る熊と虎。

「馨様、ちょっと脱ぎましょう」

「はあ？」

「大丈夫大丈夫。ちょっとはだけた感じにするだけじゃー」

いや、わけがわからん。虎と熊は、健全な男子高校生にいったいなにを……っ。

「ぎゃああっ！　やめろお前ら！　猛獣め！」

いや、確かに二人は猛獣な訳だが。

俺の学ランはいとも簡単に剝《は》ぎ取られ、中のシャツのボタンも外され、髪もちょっと乱されて……

「はい、馨様。そこのソファーで俺様な感じで足を組み、目元に手を添えて不敵に微笑んでください。特殊アイを持った中二病キャラなんで」

「特殊アイってなんだ」

「特殊な能力を持った瞳《ひとみ》のことじゃ。でも特殊アイなら馨様も持っとる。そもそも酒呑童子をモデルにしたキャラじゃ。リアル中二病キャラじゃ」

「そういうこと言うのやめろ、ほんと」

確かに特殊な能力を秘めた目のキャラって、少年漫画に必須《ひっす》だよな。

何かと痛いとか中二キャラとか言われるけど、俺の〝神通の眼〟はそんなんじゃねえ、そんなんじゃねえから……っ。

「馨ー、熊ちゃん虎ちゃんー、差し入れ持ってきたわよー」

「ぎゃあ、真紀《まき》⁉」

こんな時に、おもちを連れた真紀襲来。

「…………何してんの馨」

あの真紀が、あの真紀が中二ポーズの俺をドン引きした目で見ている。おもちはいつも通りだが、真顔ゆえにキツい。

「奥方様、差し入れありがとうございますー」

「あ、うん。私からはハム入りのチャーハン。こっちの激辛麻婆《マーボー》豆腐と桃まんはスイから。スイのお仕事を手伝った御礼に貰《もら》ってきたの。チャーハンにかけて麻婆丼にしても美味《おい》しいわよ」

熊虎姉弟は俺にこんなポーズをさせておきながら、真紀の持ってきた差し入れに興味津々。

確かにもう夕飯の時間だ。腹ペコだ。

スイはアレだが、奴の作る麻婆豆腐は本格的で美味《うま》いのも事実。

「私だったら麻婆豆腐の素と安い豆腐を使ってパパッと作っちゃうけど、スイはお豆腐屋さんで買った豆腐を使って、山椒《さんしょう》を効かせた本格的な四川《しせん》流の麻婆豆腐を作るからね～」

真紀がタッパーを開くと、辛くて食欲をそそる匂いがここまで漂ってくる。

「いただきまーす。辛っ、でも美味っ！」

「チャーハンにかけて食べるの、大正解ですね。これは美味しい……」

「おいおい、虎、熊。俺は放置か！」

「…………」

さっそく食べ始める虎と熊に声をかけるも、マーボーに夢中で聞いてない。

ちょっと待て。お前たちはもともと俺の忠臣だったんじゃないのか？

でも昔から、こんなグダグダな関係だった気もする。忠臣っていうか、愉快な親分子分みたいな関係から始まった訳だし。

「馨、何してたのかはあえて聞かないであげるから、そろそろ前のボタンとめて。今日寒いんだから、風邪引いちゃうわよ」

「お、おお」

真紀がせっせと俺のシャツのボタンをとめてくれる。

真紀からすれば、薄着の俺が心配だったからこその行動だろうが、日頃着替えで彼女の手を煩わせることのない俺からすれば、世話を焼かれるのは珍しく、これはこれで悪くないかと思ったり……

「お頭が奥方様にお世話されて嬉《うれ》しそうじゃ」

「こらこら虎ちゃん。身も蓋《ふた》もないことを」

「うるさいぞお前ら。あっ、全部食ってしまうなよ！　俺だって腹減ってんだぞ」

熊も虎も、真紀に負けず劣らず大食いなので、大量にあったチャーハンと麻婆豆腐がみるみる減っている。

結局そのまま、皆で夕食をとることになった。

飯を食いつつ、虎や熊が「しんどい」「遊びたい」などと弱音を吐くのを聞く。

なんだかんだ言って、かなりお疲れのようだった。

「お前たちはよくやってるよ、こんなに根気のいる仕事を日々コツコツと。気が滅入ることもあるだろう。ちゃんと休んでるのか？」

「二人って、何してリフレッシュしてるの？」

俺と真紀が尋ねると、二人は顔を見合わせ、

「舞浜《まいはま》に」

「行きます」

「……なるほど」

舞浜にある例の夢の国で、現実の一切合切を忘れるわけか……。

熊は可愛いマスコットが好きだし、虎は音楽や乗り物が好きだしな。

確かに二人の需要を同時に兼ね備えている。

「最近はカッパーランドにも行きますよ。チープでレトロな感じがたまりません。先週、虎ちゃんと行ってきました」

「そうそう。あね様がどうしても、バレンタイン限定の手鞠河童《てまりかっぱ》のぬいぐるみが欲しいっていうから、朝一で並んできたんじゃ」

「何それ。そんなのあるの？」

「はい、これです！　数量限定でしたが、無事にゲットしました！」

熊がキラキラした目で、バレンタイン仕様の手鞠河童のぬいぐるみとやらを見せつけてくる。チョコバナナならぬチョコきゅうりをぎゅっと抱き締めるあざといポーズの河童のぬいぐるみ。甲羅が真っ赤なハート形。等身大仕様。

「なんだろう……なんか腹立つな」

「手鞠河童って、自分たちの売り方知ってるわね……」

カッパーランドでは、皆がこのぬいぐるみを持って遊ぶのだろうか。怖いな。

「あね様はなー、昔っから小さくてコロコロふわふわしたものが好きでじゃなー。おかげでぬいぐるみがたくさん溜《た》まってくんじゃ。最近じゃ手鞠河童のぬいぐるみ用の服もいっぱい買ってきて」

「へえ、そんなものあるの？　そもそもあいつら全裸なのに？」

「カッパーランドでイベントごとにそういうのを売って、あの河童どもはぼろ儲《もう》けしとるようじゃよ、奥方様」

虎がやれやれと首を振る。

あね様である熊の趣味に呆《あき》れているのか、商魂たくましい手鞠河童に呆れているのか。

当の熊は、桃まんを頬張る可愛いおもちに夢中。やはり小さくてコロコロふわふわなものが好きなのだ。

しかしこの熊の趣味が、意外なところで役に立つことを、この時の俺たちはまだ知らない。


その日、俺は泊まり込みで熊と虎のアシスタントをした。

「……ハッ」

こたつで寝ていた俺、意識を取り戻す。

休日だったのが幸いだ。三人で原稿を仕上げて気を失うようにして寝てしまったが、もうお昼前か。

真紀は昨日の夜、必死で原稿を仕上げる俺たちの邪魔にならないよう、シンクに溜まった茶碗《ちゃわん》を洗い、洗濯を代わりにしてあげて、早めに自分の部屋に戻ったが……

「ん？　真紀からメールが……えっ⁉」

スマホには真紀からの着信やメッセージが大量にある。「馨、どうしよう」「馨早くきてーっ！」など、短いものがたくさん。

何事かと慌てて部屋を飛び出し、このボロアパートの二階にある、真紀の部屋をノックする。

「おい、おい真紀、どうした！」

ドアを叩《たた》いても返事がない。何かあったのだと焦り、ドアをぶち破ろうか、結界術でどうにか中に入ろうかと慌てていた……その時だ。

ガチャリ、とドアの鍵《かぎ》が開いた音がした。

気を引き締め、そのドアを開ける。

「……真紀？」

しかし、玄関先に真紀は見当たらない。

部屋へ駆け込んで彼女を捜すも、やはり真紀はいない。テレビはついたままで、おもちがこたつから顔を出し、絵本を読んでいる。おもちは普通にいるんだな……

「真紀、どこだ、真紀ーっ！」

こたつをめくって中を捜したり、押入れを開いてみたが、やはり真紀がいない。

おもちに聞いても、金太郎の絵本に夢中で答えてくれない。最近金太郎の絵本がお気に入り。でもその金太郎のモデル坂田金時《さかたのきんとき》は俺たちの宿敵の一人だから！

「馨……馨……馨ったら！」

「はっ」

真紀の声がする。

姿は見えないのに、声だけはちゃんと聞こえる。キョロキョロしていると、ズボンの裾《すそ》を引っ張る何かがいたので、俺は視線を足元に落とした。

「こっちよこっち、馨ったら、私に気がつかないの？」

「……真紀？」

一度、目をごしごしと擦《こす》った。

そしてもう一度目を開けて、よくよく確かめる。

あれ……真紀が、小さい？

「俺、もしかしてまだ寝てるのか？　漫画の原稿と向き合いすぎて、夢でまでこんなコミカルな展開が。真紀が手鞠河童サイズに……」

「現実よ馨。私、こんなに小さくなっちゃったの」

真紀が俺の足をよじ登る。その姿は手鞠河童のよう。

俺は小さな真紀を両手ですくい上げ、視線の合うところまで持ち上げた。

「本当に、真紀か？」

ふわふわの猫っ毛と、大きな猫目はそのままだが、やはり小さい。合う服がなかったのか、ハンカチを体に巻いている。原始人みたいになってる。

「もちろんよ馨。私、早朝にとても息苦しくて目が覚めたの。何事かと思ったけど、でっぷりしたおもちにのしかかられて、圧死しそうで！　おもちが一日で巨大化したのかもと思ったけれど、私が小さくなったって後から気がついたわ」

「それで俺に連絡を取ろうとしたのか？」

「そうよ。でもあんたたち昨日修羅場だったっぽいし、今は寝てるだろうと思って、途中で連絡入れるのやめたけど」

「んな……っ、なんでお前、こんな一大事な時に！」

そもそもなぜ真紀はこんなに小さくなってしまったのだろう。

小さな真紀は俺の手のひらの上にペタンと座ったまま、腕を組み、

「多分だけどね、薬のせいだと思うの」

「……薬？」

「昨日、スイの薬局でお手伝いしたって言ったじゃない？　その時、おもちがスイのアトリエにあった薬瓶を倒しちゃって。私、それを片付けていて、薬に触っちゃったの。あやかし用の薬だから、よく手を洗っとけば害はないってスイは言ってたけれど」

真紀は「うーん」と自分の姿を今一度見る。

「あれ、霊薬よ。何かの術が仕掛けられてて、本来あやかしにしか効かないものが、私にも効いちゃったんだわ」

「じ、じゃあ今からスイの薬局に行くぞ！」

その手の霊薬は厄介だ。

特にスイの野郎の薬ってことなら。

「あ、無駄よ馨。スイ、今日は薬局を閉めてミカと一緒に生薬調達に行ってるの。明日まで戻ってこないわ」

「な、なにいっ⁉　あいつ〜〜〜っ」

ミニマムサイズになったのに冷静な真紀と、慌ててばかりの俺。

今までとは違う小さな真紀に、不安を覚えずにはいられない。どんどん小さくなって、やがて消えて無くなるのではないかと……

「あら、馨ったらしおらしい顔をして。そんなに私が心配なの？」

小さな真紀が首を傾げる。

「あ、当たり前だろう……っ、元に戻れるのかもわからないのに。それに、このままじゃ色々危険だ。潰《つぶ》されたり、襲われたり」

「小さくても私は強いわよ！　綿棒で素振りしてるから」

背中に背負っていた綿棒をとって、真紀がブンブンと素振りしている。なんて逞《たくま》しい。

「って、やめろ！　お前、マンモス追いかけてそうな原始的な格好してんだぞ、そんなに動くと……ハンカチが……あっ」

「あ」

ハラリ……

儚《はかな》い一枚のハンカチがはだけて、真っ裸を晒《さら》しそうになった真紀。

俺が慌てて真紀をばちんと手のひらで包み込み、そのまま部屋を出て、先ほどまでいた熊と虎の部屋へ走った。

「おい、熊、熊〜っ！」

机に突っ伏して寝ていた熊を揺すると、「なんでございましょう、我が王」と、熊らしくないギラついた目をして起き上がる。

「す、すまねえ熊。でも一大事なんだ、真紀が小さくなってしまった」

「……奥方様が？」

俺が差し出す手の隙間から、真紀がちょこんと顔だけを覗《のぞ》かせる。

ぶっちゃけかなり可愛いので、熊の顔色がみるみる良くなっていく。

「あらまあ、あらまあ！　奥方様ったらハムスターサイズになってしまわれて！　SDキャラな奥方様、愛くるしいっ！」

「熊、手鞠河童のぬいぐるみ用の服を集めてるって言ってたよな？　こいつに似合うもの何かないかな。さすがに真っ裸は酷《ひど》い。風邪を引いてしまう」

「ははあ、なるほど。そういうことでしたらこの熊におまかせください」

熊は頼もしく胸を叩くと、床のある場所で足踏みする。すると足元に四角い術式が浮かび上がり、そこが小さな狭間《はざま》の入り口となって、熊は中へと入っていった。俺もついていく。

熊童子は、仲間内では俺の次に狭間結界術が得意だった。

なんせ、俺の一番弟子と言っていいからな。

「おおお、なるほど。ぬいぐるみをたくさん集めてるって言ってたけど、部屋じゃあまり見かけないって思ってたんだよな。ここに収容していたのか」

熊の狭間はとてもファンシー。大量の人形たちが、宝石や貝殻をあしらった綺麗《きれい》な陳列棚に並べられていたり、模型サイズの家や庭に飾られている。

ここは熊の夢が詰まった宝箱。そういう狭間なのだった。

「確かここら辺に……あったあった」

手鞠河童のぬいぐるみを並べたゾーンには、着せ替えの服もいくつか並べられていた。

どうやらこの手鞠河童のぬいぐるみ、甲羅がマグネットになっているみたいで、それを取って服を着せ替える事ができるみたいだ。甲羅の手鞠模様も好きなように変える事ができて、理想の手鞠河童をカスタマイズする事ができる……

「ああ、これなんていかがでしょう奥方様」

熊がは真っ赤な水玉ワンピースを見つけ、それを掲げた。

「あ、かわいい」

「こら真紀、もぞもぞするな！」

真紀がまっ裸のまま俺の手の間から出て行こうとしたので、俺は慌てて熊に手渡す。

熊は真紀を受け取ると、俺には見えない場所で、真紀に水玉ワンピースを着せた。

「なんだかこんな風に奥方様に衣を着せていると、千年前のことを思い出します」

「本当に。私、いつも熊ちゃんに着替えを手伝ってもらっていたものね。あ、馨もう目をあけていいわよ」

律儀に目を瞑《つぶ》っていた俺。

目をゆっくり開くと、艶《つや》のある赤い水玉ワンピースを着た、可愛らしい小さな真紀が。

「少し大きいから、腰紐《こしひも》なんかもらえるかしら？」

「もちろん。リボンで固定しましょう」

熊が両手をあげる真紀の腰に、赤いリボンを巻いて絞る。

「どう馨。かわいい？」

「うん、まあ。人形だなって」

「こんなファンシーな服、普段は着ないからねえ」

しかし真紀さんは豪快なので、そんな格好でも俺の足に飛び移りクライミングしてくる。

よいしょ、よいしょと。それはそれで……かわいいけど。

「熊、ありがとうな。なんとか全裸は避けられた」

「お安い御用ですよ、馨様。それに、久々にお二人の役に立てた気がして……嬉《うれ》しいです」

どこかホロッときてしまいそうな熊。

千年前も、茨姫《いばらひめ》の着るものを用意してくれたり、贈る袿《うちかけ》なんかを見繕ってくれたっけ。

本当に心優しく、繊細で、頼もしい部下で……

「ぺひょ～っ、ぺひょ～～～っ!!」

「あ、おもちが泣いてる！」

こんなところまで聞こえてきた、おもちの鳴き声。さすがはツキツグミ、鳴き声の力は凄《すさ》まじいもので。

というわけで熊の作った宝箱な狭間を出る。

虎はいまだにソファーでうつぶせになって、死んだように寝ていた。

俺の手の間から顔をのぞかせる真紀が、「虎ちゃんってば、お疲れねえ」と。

そんな弟の虎に、熊が毛布をかけていた。


真紀の部屋に戻ると、やはりベヒョーベヒョーと泣き続けているおもちが。

さっきまで金太郎の絵本を夢中になって読んでいたのに、ふと俺も真紀もいないことに気がついてしまい、寂しくてたまらなくなったのだろう。

真紀が俺の手から飛び降り、おもちに駆け寄ってあやす。

「私はここにいるわ。いい子だから泣かないの、おもち」

「……ぺひょ～？」

おもちは小さくなった真紀を見て、お気に入りのぬいぐるみのようにぎゅっと抱き寄せ、しくしく泣く。小さくてもママだとわかっているらしい。

はあ。しかしこれからどうすべきか。

スイがいないとなると、頼るべきは……

「あ、本当だ。真紀ちゃんが小さくなってる。かわいいねえ」

呼び出して三十分もしないうちに、ここへ飛んできた由理《ゆり》。

こいつは真紀を見て、腹をよじって笑っていた。

「あはは……っ。馨君が泣きそうになりながら電話してきたから、何かと思ったよ」

「いや、全然泣きそうじゃなかったし。あと笑い事じゃないから」

真紀は真紀で、おもちのおなかでトランポリンをして、ミニマムサイズを全力で楽しんでいる。なんか俺ばかりが焦ってないか？

「あ、いちご！」

由理が叶《かのう》先生に持たされたという栃木産のいちごに、真紀が目ざとく気がついた。せっせとこたつを登って一粒を抱え、大口を開けてかぶりつく。

真紀は今日コーンフレークしか食ってないので、いちごの甘酸っぱさとみずみずしさがたまらないのだとか、なんとか。

「図体が小さいと、食欲あっても消費が少ないのが幸いだな」

「それどういう意味よ馨。私は今日一日、この姿のせいでとっても苦労しているってのに」

「その割に楽しんでないか？」

俺が真紀の目の前でほれほれといちごをちらつかせると、それを追いかけてあっちへ行ったりこっちへ行ったり。うーん……これはちょっと楽しいかもしれない。

「ちょっと馨君、真紀ちゃんで遊ぶのやめなよ」

「だって小動物みたいでつい……あたっ」

真紀が俺の持っていたいちごにかぶりつく。

指ごと持っていかれそうになったぞ。いてて……

「ふーむ」

由理がこんな真紀をまじまじと観察しながら「なるほどなるほど」と、一人勝手に納得している。

「何がなるほどなの？　由理」

「あのね真紀ちゃん、今〝小さな姿に化けている〟状態なんだけど、気がついてる？」

「えっ、そうなの？」

真紀はぱちくりと、大きな目を瞬かせる。これには俺もびっくり。

実は俺や真紀は、鬼だった頃も他の何かに化けるということがほとんどなかったので、そういう感覚に疎い。しかし化けの天才・鵺《ぬえ》にはお見通しというわけだ。

「多分だけどね、真紀ちゃんが水連《すいれん》さんの薬局で触ってしまった薬って、あやかしの〝強制変化〟を促す術が施された薬だと思うよ」

「強制変化……？」

真紀が俺を見上げ、俺もまた真紀を見下ろす。

由理はごほんと咳払《せきばら》いし、詳しく説明してくれた。

「要するに、あやかしに対し、変化の術を無理やり行使させる薬ってことだよ。あらかじめ、何にどう化けるかを指定することもできるみたい」

「へえ。私が触っちゃった薬は、手鞠河童サイズに強制的に化けるようスイの術が施されていたって訳ね。でも私、あやかしじゃないけど？」

「真紀ちゃんの場合、霊力があやかし寄りだからね。あやかしから人に転生した特別な存在ってことで、薬も効果が出てしまったんだと思う。人間なのに、狭間結界が使える馨君みたいなものだよ」

「ほー。そう言われたら納得って感じだな」

由理の解説に頷《うなず》くばかりの俺たち。

だけど由理にも、真紀のこの姿をどうにかすることはできないようだった。

「薬の効果がどれくらい持続するのかわからないけど、水連さんが戻ってきたら、元に戻す薬を出してくれると思うよ。それまではおとなしく馨君に守ってもらいな、真紀ちゃん。衣食住面倒見てもらいながらさ。いくら強い真紀ちゃんでも、その姿じゃ踏《ふ》み潰されかねないし、外に出ればカラスにでも連れて行かれそう」

「うん、そうよね。というわけで……馨、私のこと面倒見てくれる？」

なぜか、潤んだ瞳《ひとみ》で俺を見上げる真紀。

なんだこいつ。あざとさまで手鞠河童みたいになりやがった。

しかし確かに、この小さな姿だとただの日常にすら数多くのトラップが潜んでいる。何かが倒れかかって潰されたりしたら、シャレにならん。

「し、仕方がねえな。真紀、今日はおもちと一緒に俺の部屋に来い。明日、スイのとこに連れて行くまで、お前の面倒は俺が見てやる」

「えっ、ほんと⁉」

「なんでちょっと嬉しそうなんだ」

「だってそりゃ、ここ最近馨ってばアルバイトばかりで、あんまり構ってくれなかったじゃない。著しい馨不足だもの！」

「俺不足ってなんだ。俺はビタミンでもカルシウムでもないぞ」

いつも通り真紀につっこんでしまう俺。

真紀は真紀で快活に笑い「似たようなものよ。馨を補充するわよー」と意気込んでいる。

「ふふ。まあ仕組みはわかったんだし、それほど心配することじゃないと思うよ」

そう言って立ち上がる由理。

「じゃあ僕はこれで。式神ってのはやらないといけないことが色々あるみたいだからね」

「由理……あいつのところで、無茶してないか？　叶はどんな感じだ」

俺もまた立ち上がり、帰ろうとする由理を引き止め、尋ねる。

「どんなって……常にあんな感じでルーズだよ。まあ、性格は安倍晴明《あべのせいめい》の時とそう変わらないと思う。あれが天然なのか意図的なのか、僕にも量れないわけだけど。ただ、叶先生の式神たちが厄介でね。体育会系の部活みたいに、上下関係があったり」

「うわあ、面倒くさそうだな」

「そこらへん僕は適当だけど、叶先生の式神な手前、最低限の仕事はしないとね。学校にも通わせてくれているし、僕が勝手にふらついていても、先生は別に何も言ってこないしね。今回だって真紀ちゃんと馨君のところに行くって言ったら、いちごワンパックもたせてくれたし。本当は葛《くず》の葉《は》さんのおやつだったんだろうけど」

「…………」

「放任主義っていうか。やっぱり、何を考えているのかわからない人だよ。……ただ、今世は敵ではないと思う」

――今世は敵ではない。

なんの確信があってか、由理は由理らしく微笑み、そう言い切った。

「じゃあまた明日」

そしてベランダに出て、あやかしの姿になって空を飛んで行ってしまった。

キラキラした半透明の羽根が、一枚だけ俺の足元に落ちる。それを真紀がちょろちょろと拾いに行って、持ち上げて眺めていた。

俺は、俺たちは、少しずつ気がついている。

由理の雰囲気が、日に日にあやかしらしくなってきていること。

千年前の鵺はこんな霊力の匂いだったかと、懐かしさすら感じる。忘れていた何かを、思い出したような不思議な心地だ。

継見《つぐみ》由理彦《ゆりひこ》だった頃は、やはり随分と猫を被《かぶ》っていたんだな。

隠さなくて良くなった分、気楽だろうか。

それとも、やはりまだ人間というものに、未練があるのだろうか。

由理。俺は叶の事だけじゃなく、お前の本心すら、よくわからないよ。


その日、俺と真紀は共に買い物に行った。

もちろん、真紀は俺の胸ポケットに収まって、顔だけを出して何を食べたいとか、あれを買っとかなくちゃと、指示を出していただけだが。

しかし俺の胸ポケットの中は楽チンみたいで、楽しそうにしていたのが幸いか。

夜、小さくなってしまった真紀の代わりに、俺が久々に台所に立った。

小さなおにぎり作りに、さっきから悪戦苦闘しているのだ。

「別に無理に手作りしようとしなくてもいいのよ。買った食パンがあるでしょ？　置いてくれたら青虫みたいに端っこからむしゃむしゃ食べるし」

「そんなんじゃお前、食いにくいだろ。それに米や野菜が食べたかろうと思って」

「あら。よくわかったわね、私の本音」

しかしミニマムサイズのご飯作りは俺の男手では少し難しい。

茹《ゆ》でたブロッコリーと人参《にんじん》とじゃがいも、ほぐしたササミを豆皿に盛り付けてみたが、もはや何かの餌みたいで……

ブロッコリーを抱えてしゃくしゃく食べる真紀も、もはや何かの小動物。

「あ、おもち！　好き嫌いはダメだぞ。人参も食べないと強い男になれないぞ」

「ぺひょ～っ」

ここ最近イヤイヤ期のおもちが、思い切り首を振って拒否。

前までなんでも食べてたくせに、いつの間にか人参とピーマンが嫌いになってた。

真紀が「食べなさいおもち」と小さななりで叱ってもあまり効果なく、おもちのフリッパーでペシッと潰《つぶ》されてしまった。

こんな風に食事も慌ただしかったけれど、お風呂《ふろ》も大変。

「湯加減いかがですかー、真紀さん」

「悪くないわ。でもちょっとぬるいかも」

「お前が長風呂だから冷めたんだろ」

お風呂場の洗面器にお湯を張り、そこに浸《つ》かっている真紀。洗面器の周りには教科書を広げてバリケードを作り、外からは見えないようにしている。俺ってほんと紳士……

「はー、さっぱりした」

熊が持ってきてくれた人形用のネグリジェを着て、簡易浴室から出てきた真紀。

真紀は湯上がりに牛乳を飲むのが好きなので、ペットボトルのキャップに入れてあげた。

両手で持って立派にがぶ飲み。相変わらず豪快な女だが、満足そうな顔してやがる……

おもちが俺のベッドの上でジタバタしていたので、真紀も同じようにベッドにダイブしていた。

「ああ～、馨の匂いだわ」

「やめろ、執拗《しつよう》に嗅《か》ぐな！」

この変態、とでも言ってやろうかと思ったが、匂いを確かめながら俺のベッドの上をもぞもぞ動いている真紀が面白くて、じっと観察してしまう。

「ねえねえ馨、今日は一緒に寝ていいんでしょう？　私こんなに小さいし、邪魔じゃないわよ？」

「は？　何言ってやがる。俺が寝返りを打って、お前を潰しでもしたらどうするんだよ。お前にはティッシュ箱で寝床を作ってやるから」

神経質になって、真紀にティッシュ箱を見せつけてやる俺。これにこう、綿を詰めてタオルを敷いて、と説明するも、真紀は膨れっ面になり、それでは面白くないと豪語する。

「それじゃきっと寒くて寝られないわ、馨！　心細くて寝られないわ！」

「なーにが心細い、だ。毎朝、俺が迎えに行くまで全然起きないくらい、超熟睡してるくせに」

「それはあんたが迎えに来てくれるって分かってるからよ。あーあーっ、私は馨と一緒のお布団で寝たいー、あんたに触ってないと寝られないーっ！」

そんなわがままをベッドの上でゴロゴロ転がりながら訴える真紀。

小さいからか、いつもより余計にわがまま。

だけど……それを許したくなる可愛さでもある。甘い自分にも腹が立つが。

「ああっ、もうわかったよ。じゃあ好きな場所で寝ればいいだろう。ただし潰されても文句言うんじゃねーぞ」

こんな感じで、我ながらツンデレ特大放出。真紀はぴょんぴょん飛び跳ねて大歓喜。

「わーいやったーやったーっ！　大丈夫あんたの寝相がいいのは知ってるから。私はむしろ、自分からあんたの口の中にでもダイブしていかないか心配だわ」

「それ！　それマジで心配だから！」

おもちがそろそろぐずり始めたので、慌てて専用の毛布で包み、ベッドに横たえる。

うつ伏せに寝るおもちの背を優しく撫《な》でてあげると、ぐずっていたのが収まった。

「ほらおもち、俺がいるから、安心して寝ろ」

「……ぺー……ひょー……」

真紀がそばまでやってきて、俺とおもちの様子を微笑ましそうに見つめていた。

「馨ったら、ちゃんとパパしてるじゃない」

「休日のおもちの昼寝は、俺がいつも寝かしつけているだろ」

「ふふ、そうね。手馴《てな》れたものよね。……あら、おもちったらもう寝ちゃった。パパの大きな手が安心するのね」

俺は一度ベッドから起き上がると、掛け布団を整え直し、電気を消して自らも横になる。

慎重に、真紀やおもちを潰さないようにスマホのライトを頼りに。

「真紀。お前もちゃんと布団を被《かぶ》っとかないと……風邪ひくぞ」

「はーい」

小さな真紀はごそごそと布団に潜り込み、そのまま俺を探す。

ごつんとぶつかったのは俺の肩だ。

「あいたっ。こら真紀、肩を噛《か》むな！」

「これが岩か馨かどっちかなと思って」

「俺だろ、普通に。俺の布団の中に岩があってたまるか」

「愛情表現よ。愛情が高まると無性に噛みたくなる」

「うう……っ、お前は怖い鬼嫁だな」

身震いしていると、真紀は俺の肩をよじ登り、胸の上でうつぶせになって、ペタンと平たく伸びている。

彼女いわく、全身で俺をハグしているとのことだ。

「あのねえ。馨がいるから、こんな姿になっても安心していられるのよ、私」

「……ん」

「甲斐甲斐《かいがい》しくて、世話焼きで、心配性で……でも、ねえ馨。私がずっとこの姿だったら、馨はどうする？」

真紀の唐突な質問だったが、俺は間もなくして囁《ささや》いた。

「小さなお前と、生きて行くかな」

いつものやりとりをしていると、そろそろ眠たくなってくる。

真紀は俺の答えを聞いて安心したのか、胸の上ですやすやと眠ってしまったのだった。


朝。目がさめると、真紀はやっぱり小さくて、いまだ俺の上で寝ていた。

俺ってば寝返りも打つことなく、真紀を上に乗っけたまま直寝不動という。

あああ、我ながらなんて健気な……っ。

「ふああ～」

真紀が起きたみたいだったので、俺はなんとなく寝たふりをする。

すると真紀が俺の耳元まで下りてきて、顔をペチペチと叩《たた》く。

「起きてー、起きてー馨。あんた寝顔もしかめっ面なのねえ。起きないと目覚めのチューをするわよ」

「いてててっ、いや起きてるから」

目覚めのチュー以前にペチペチ叩かれるのが痛い。

さすがは真紀さん、小さくともそれなりに怪力で。

もぞもぞと起き上がり、小さな真紀を見下ろす。つぶらな瞳《ひとみ》で俺を見上げる真紀は、相変わらず手鞠河童のよう。

「まだ小さいままだな。寝たら元に戻るかもとか思ってたけど」

「そんな都合よくいくもんですか。スイの薬よ、甘くないわ」

「それもそうだなあ……」

おもちはまだ寝ている。綺麗《きれい》な鼻ちょうちんを作って。

俺はあくびをしてベッドから出ると、真紀を肩に乗せて洗面台へ向かう。

さっさと自分の顔を洗ってしまうと、濡《ぬ》れタオルで真紀の顔もちょいちょいと拭《ふ》いた。

「今日は学校へ行く前に、スイのところに寄るぞ。昨日電話したらヘラヘラ笑ってやがったが、お前のその小型化を解く薬はあるって」

「そう。なら安心ね」

朝ごはんは、俺がコンビニで買ってきていたボール型のドーナツと、角切りのチーズ、キャップに注いだ野菜ジュースを与えた。

真紀はお腹が空《す》いていたのか、ぺろっと食べてお代わりを要求してきた。たくさん食べる元気があるのなら安心だな。

一度真紀の部屋に戻り、真紀の制服と学校カバンを準備。俺が全部持って、真紀とおもちも連れて、フラフラしながら浅草国際通りのスイの薬局へ。

途中、かっぱ橋道具街方面に向かう手鞠河童たちに出くわした。

やたらキョロキョロして、周囲を警戒しているみたいだが……

「あー？　茨木童子《いばらきどうじ》しゃまがチビっこいでしゅ？」

「僕らと同類でしゅ～」

手鞠河童たちは俺たちを見つけると足元に群がる。なぜ真紀がこんな姿になっているのか分からないので、考えるのをやめたようなボケ面をかましている……

「いつもはもっと我が物顔で浅草を徘徊《はいかい》してるくせに、今日はやけに警戒して移動しているわね？」

真紀もそこが気になっていたみたいで、ぴょんと俺の肩から降りると、手鞠河童たちの中に紛れてしまった。赤い手鞠河童が一匹って感じ。

「あー。僕ら最近、乱獲されてるでしゅ」

「乱獲？」

「僕ら手鞠河童は愛玩《あいがん》あやかしとして、一匹千円から三千円前後で売り買いされることがあるでしゅ〜」

「甲羅の模様と色でお値段は変わるでしゅ」

でしゅ、でしゅと、お互いに顔を見合わせて頷《うなず》き合う手鞠河童たち。

「んでも最近は用途も色々。僕らこう見えて栄養満点でしゅ〜」

「人間に使役されているあやかしの霊力を補う食料としても効果的だと、最近の調べで分かったみたいでしゅ」

「あぷりげーむの強化モンスター的役割なんでしゅ〜」

「……な、なんだそれは」

しかし酷《ひど》い話だな。

手鞠河童たちは怖いことでも思い出したのか、連鎖的にガタガタと震えだした。

「人間しゃんたちが罠《わな》を張ってるのでしゅ。それを避けるために、集団で警戒して行動してるでしゅ」

「だけど時々、集団でひっかかるでしゅ〜」

「大量捕獲、まとめ売り、雑に消費、されちゃうでしゅ〜っ！」

浅草は浅草寺《せんそうじ》を始め、浅草地下街によって守られている。

だからこそ、弱いあやかしでも生活していける、あやかしが最も暮らしやすい土地としても名高い。

密猟者の取り締まりも厳しく、やすやす入ってこられる土地ではないはずだが……

手鞠河童たちの話を聞いて、真紀が小さいなりに真面目な顔をしている。

「そういえば、風太《ふうた》が言ってたわ。浅草の結界に異常があるらしいって。浅草地下街も何か揉《も》めてたし」

「なら、俺たちも手伝った方がいいんじゃ……なんで大和《やまと》さん、そんな大事なことを俺たちに相談してくれないんだ」

「組長は私たちを巻き込まないようにしているんじゃないかしら」

確かに、浅草地下街あやかし労働組合の長、大和さんはそういうひとだ。

前までは何かと俺たちに相談もしてきてくれたのだが……

真紀は再び俺の足をクライムして肩に立つと、手鞠河童たちを見下ろして命じる。

「いいこと、手鞠河童たち。できるだけ狭間《はざま》を経由して移動しなさい。人間は狭間にはそう簡単に入ってこられないし、もし入ってきても浅草の狭間は迷路みたいになってるから、ぶっちゃけ一番安全よ」

「あー。その手があったでしゅ～」

手鞠河童たちはすっかり呑気《のんき》な顔をして、この近くにある凌雲閣《りょううんかく》跡地の狭間に入っていった。シリアスを保てない連中だな、相変わらず。

千夜《せんや》漢方薬局。

古い看板のあるその店は早朝にも拘《かか》わらず営業中で、俺が扉を開けると、チリンチリンとドアに取り付けられた鈴が鳴る。

スイはこんな朝っぱらから店を開け、俺たちが来るのを待っていたみたいだ。

「いらっしゃい。あれま、本当に小さくなってる。真紀ちゃんかわいいいいいいっ!!」

小さな真紀にデレデレのスイ。頬をつついたりして興奮してる。

「いいから、さっさと真紀を元に戻せ。お前の放置してた薬のせいでこうなったんだぞ」

「わーかってるって。相変わらず、真紀ちゃんの旦那《だんな》様は過保護ですねえ」

スイはやれやれと首を振りつつ、小さな真紀を大事そうに両手で掬《すく》い上げた。

そしてなぜか古い秤《はかり》にのせる。真紀はおとなしくしつつも、「なに乙女の体重測ってるのよ、スイ」と文句をたれていたが、

「乙女って言ったってこのサイズの真紀ちゃんだよ？　んー、ジャスト百グラム。すごいなあ、俺の作った薬って。グラム指定までしっかり守って」

「由理が言ってたわ。あやかしを強制的に化けさせる薬だって」

真紀の言葉に、スイはニヤリと微笑み、片眼鏡《モノクル》を押し上げる。

「流石は鵺《ぬえ》様。その通りだ。真紀ちゃんが触れちゃった薬は、通称〝強制変化薬〟というんだけどね」

「そのままじゃねーか」

「馨君つっこみありがとう。これはあやかしの化ける能力に働きかけて、強制的に〝何か〟に化けさせる薬。まあ、その何か、によって薬の素材が変わるんだけど、真紀ちゃんが触っちゃった強制変化薬は、妖精《ようせい》の抜け羽を使った薬でね」

「……妖精の抜け羽？」

スイは受付台の内側にある薬棚を回転させ、あやかし専用の薬棚を表にすると、その棚から大きな瓶を取り出した。そこには半透明の羽が数枚入っている。

「これが妖精の抜け羽。西洋のあやかし、風妖精《シルフ》は定期的に羽が抜け替わるんだけど、その羽がとても貴重な薬の原料になる。あ、言っとくけど俺は得意先の風精霊から直接これを買っているし、違法なことはしてないし」

「聞いてねーよ」

「いやこれちゃんと言っとかないとだから馨君。最近は高値で売り買いできるあやかしって狩人《かりゆうど》の標的になりやすいし、実際にそういう輩《やから》から買い付けている違法な業者や術師もいるしね〜」

スイのさりげない話に出てきた〝狩人〟という単語に、真紀も反応している。

ここ最近、狩人が浅草にも出入りしているという話を凛音《りんね》からも聞いていた。

もしや、手鞠河童の件も……？

「で、真紀ちゃんの触った強制変化薬にも、妖精の抜け羽が使われている。これを使うと、強制変化させる〝何か〟ってのを妖精サイズにまで縮めることができるんだ。どれくらい小さいかってグラム指定までできるのは、俺の薬師としての腕がいいからなんだけどー」

スイは鼻高々に得意げに。しかし俺も真紀も「それってなんか意味あるの？」と。

「ゴホン。ま、君たちには～これがいかに高等な術式を必要とするかなんてわかるまいよ～。では本題だ。真紀ちゃんのこの〝強制変化〟を解くには、あやかし的に言うと〝化けの皮〟を剝《は》がさないといけないわけだけど、無理矢理すると真紀ちゃんの身体に負担がかかるから、これまた薬が必要でー……」

ちょうどその時、「スイ、これー」と、奥の扉から園芸スタイルのミカが小さな鉢植えを持ってきた。鉢植えには、花も咲いてない地味な葉っぱが。これ……よもぎの葉か？

「あ！　馨様だ！」

「ようミカ」

「茨姫様は……ああっ、本当に小さくなってしまわれて！　おいたわしいっ」

ミカは涙目ながら、計りの上でちんまりと座り込んでいる真紀に視線を合わせる。

スイとはえらく反応が違うなあ。

「でも大丈夫です、茨姫を元に戻す薬なら、この〝甘露よもぎ〟の煮汁を飲めば一発ですから！　僕が毎日世話をして育ててるんですよ」

ミカはえへんと。真紀が「偉いわねえミカ」とミカを褒めたので、余計に鼻高々。

「ま、ぱっと見は普通のよもぎなんだけど、甘露よもぎはあやかしや霊力の高い人間にしか見つけられない。千年前はあちこちの野山で手に入ったけど、最近じゃとても貴重な代物になってるから、業者から種をもらってきて家庭菜園で育ててるっていうか」

「そういや、甘露よもぎの煮汁には、身体にかけられた簡易な術や呪いを解く効果があったっけか」

「そうそう、よく覚えてたね馨君。どの程度の術が解けるかは薬師次第なんだけど、俺の強制変化薬は、俺の煎《せん》じた甘露よもぎで一発で解ける。そのように術をかけているから」

そしてスイは、手慣れた様子で甘露よもぎを小鍋《なべ》で煮詰める。

使い古された妖火ランプの炎を、真紀は見つめながらてちてちと近寄っていく。

「炎、今日ばかりはとっても大きく見えるわ……」

「だろうな。って、あんまり近寄るなよ、火だるまになるぞ！」

火を見ると興奮しがちな真紀さんの、腰のリボンを摘《つま》んで連れ戻す俺。

危ない、危ない。

「ほーら出来上がり。牛乳で割って飲むといいよ」

スイはスポイトで甘露よもぎの煮汁と牛乳を半分ずつ吸い取り、それを弾いて混ぜ合わせ、真紀の口元に持っていく。

真紀はそれを、ひとしずくペロッと舐《な》めた。

「苦味もほのかにあるけど……甘くて美味《おい》しい、素朴で懐かしい味ね」

安心したのか、吸い口を両手で支えてちゅーちゅー吸う真紀。

動物の赤ん坊みたいな真紀を見ながら、スイがデレッとして「かわいすぎる〜っ」と悶《もだ》えているのが、こっちからすればキモすぎるので、俺はゴミを見るような冷めた視線を奴に送り続けていた。

「あ、なんか身体がビリビリしてきた！」

「は？　大丈夫なのか⁉」

「大丈夫だって、馨君。ほら……」

スイの言う通り、徐々に元の姿に戻る兆しを見せ始める真紀。

あやかしの変化らしくボフンと煙を立て、元の大きさに戻ったのだ。

しかし徐々に晴れゆく煙。露《あら》わになる真紀の……

「ぎゃーっ！」

俺は大声を発しながら真紀の周りに試着室（結界）を作り出し、真っ裸の真紀を隠してしまう。

「チッ。旦那のガードが堅すぎる……っ」

「てめえ、スイ。狙ってただろ！」

スイの胸ぐらを掴《つか》んでグラグラ揺らす。相変わらず抜かりのない奴！

「馨ー、制服ちょうだいー」

「あ、はい」

真紀のいる結界の内側に制服を投げ込むと、間もなくして着替えた彼女が出てくる。

もうすっかり元の大きさ、元の姿だった。真紀は軽くストレッチをしている。

「はー、戻った戻った。みんな苦労をかけたわね。ありがと」

真紀の不敵な笑みを見ると、ミカは「わーい」と嬉《うれ》しそうにおもちを高い高いして、スイは満足げなにやけ顔。

そして俺は、ちょっと情けない顔になっていたのではないかと思う。ホッとしたってのもあるが。

真紀がそんな俺を見て、

「心配、かけたみたいね馨」

「どこか……妙なところはないか？」

「いいえ、元通りよ。人間なのに化けて小さくなるなんて体験ほとんどないから、結構面白かったわ。あんたとも一緒にいられたし、お世話してもらえたしね。見上げるあんたも、なかなかいい男だったわよ」

元気いっぱいの、いつも通りの笑顔を見せてくれる真紀。

この笑顔が、俺にとって一番の〝薬〟なのかもしれないなー……なんて。

「ほらほら、いちゃつくのは学校でどうぞ。早く登校しないと、また遅刻だよ」

「あっ、そうだった！」

スイに急《せ》かされ、急いでカバンを持つ。

「急げ真紀！　まだギリギリ間に合う」

「あ、なんなら僕が背中に乗せて送りましょうか？」

「ほんとミカ！　それ助かる！」

屋上から、八咫烏《やたがらす》の姿になったミカの背に乗って学校方面へ飛び立つ。

振り返ると、スイがおもちを抱えて「いってらっしゃい」と見送っているのが見えた。

「ねえ馨」

「なんだ真紀」

「私たちは、幸せものねえ。千年前の絆《きずな》が、今も私たちを育んでくれるのだから」

真紀はいつもとは少し違う、かつての茨姫を彷彿《ほうふつ》とさせるような、優美な笑顔をたたえていた。

かつての仲間たちの情と、その類《たぐい》まれな力を借りながら、俺と真紀はこの手の不思議な事件をも乗り越えて、浅草という町で生きて行く。

これからもずっと。

《裏》熊童子、弟とともに王と奥方様をお守りする。

私の名前は熊童子。

人間として使っている名は、獣道熊子《くまこ》という。通称、熊。

かつては酒呑童子様の右腕としてお支えしていた、四大幹部の一人である。

ある日、我が王・酒呑童子様の奥方様が小さなお姿になられたという知らせを受け、私は馨様に頼まれ、ぬいぐるみ着せ替えコレクションの中から奥方様に似合いそうな、赤い水玉の洋服を用意した。

奥方様は自らの四眷属《けんぞく》の一人であった水連殿の薬により元の姿を取り戻し、その翌日の夜、洗ったぬいぐるみの服とお惣菜《そうざい》を持ってきてくださったのだ。

「昨日はありがとう、熊ちゃん。お仕事で忙しい中、本当に助かったわ。お礼と言っちゃなんだけど、肉じゃがと、ブロッコリーのマヨネーズ和《あ》えを持ってきたの。ご飯のおかずにして──」

「お気遣いありがとうございます、奥方様。ご体調に変化はございませんか？」

「うん、私的には元気なんだけど、スイいわくしばらく霊力が乱れがちで、霊的感覚が鈍るから気をつけるようにって」

「……なるほど」

「馨は今日も熊ちゃんところでバイトよね」

「ええ、奥にいらっしゃいます。また無茶をさせてしまい……すみません」

「いいのよ、ガンガン働かせちゃって。馨も嬉しいと思うのよ、熊ちゃんと虎ちゃんのお手伝いができて。昔はあなたたち三人で、狭間《はざま》の国《くに》の基礎を作ったんですものね。今は漫画を作っているってのが、不思議だけれど……」

「我々の理想郷の形が変わっただけで、ものづくりに込める気持ちは変わりませんよ」

「ふふ。そうかもしれないわね」

そして奥方様は、「おもちが待っているから」と言って、このアパートの二階のお部屋へと戻られた。

まだ温かい、作りたてのお惣菜。

学校から帰られて、すぐに作ってくださったのでしょう。

昔から、豪快に見えて律儀で情に厚く、それでいてお可愛らしい。

我らが〝けものみち〟の描く少年漫画「もののけ王の弟子」の主人公・ラキそのものだ。

奥方様をモデルに生み出した、主人公の中の主人公。

「ああ、熊。真紀が来ていたのか？」

「はい馨様。ぬいぐるみのお洋服と、お惣菜を持ってきてくださいました」

「腹減ったー、腹減ったんじゃー。いい匂いがするんじゃー」

「まだ温かいうちにお食べ、虎ちゃん」

「でもー、でも食べたら眠くなるんじゃ〜。あー、でも食べたいんじゃ〜」

虎ちゃんは奥方様の持ってきてくださったお惣菜を詰めた容器をチラチラ見ては、食べようかどうしようかと苦しみ悩んでいたので、見かねた私が虎ちゃんの分を皿に取る。すると虎ちゃんは一食分のレトルトご飯をチンして、おとなしく食べ始めたのだった。

こういう時、虎ちゃんには私が取り分けてあげないと、原稿が終わるまでなかなか食べようとしないから……本当に、手のかかる可愛い弟。

「馨様も、お好きなタイミングで食事なさってください。我々あやかしと違い、人間の体では無理ができませぬゆえ」

「大丈夫、大丈夫だって熊。あとちょっとだけ……」

馨様の集中っぷりもまた、凄《すさ》まじいものだ。

さすがは、かつて自らの結界術を極めに極め、理想の国づくりを成し遂げたお方……

並大抵の技術と集中力ではない。

「馨様は学校のテストの点数など、良い方でしょう」

ちょっとお尋ねしてみると、馨様は「なんだいきなり」と。

「そりゃ……それなりにいい方だが。あ、でも情けない話、由理にはなかなか総合点で勝てないんだよな」

「鵺《ぬえ》様はまた特別ですよ。いえね、馨様はあちこちでアルバイトをなさっていますが、短時間で集中して勉強することに、きっと長《た》けているだろうなと思いまして」

「そうだなあ。空いた時間にちょっと宿題をしたり、教科書を読んだりしている。あとは早起きして頭がすっきりしているうちに集中して勉強したり」

「相変わらず生真面目じゃのー、お頭は」

「……虎、最近俺のことお頭って呼ぶよな」

「あ。そういえばそうじゃなー。お頭から王に、王から馨様に。だけど今度は王から馨様に、そしてまたお頭に。……時が経つと、呼び方すら変わってしまう。なぜか原点回帰してしまう。不思議なもんじゃなー。わしなんてずーっと虎じゃけどなー」

虎ちゃんはそれを悪いこととは思ってないのだろう。

しかし確かに、我々はその時々で主の呼び方を変えていたせいもあり、今となってはこのお方をどう呼べばいいのか悩んだりする。

転生した馨様たちと違って、我々の記憶はひとつながりじゃ。千年前のあの時から。

封印されていた長い空白の時間のせいで、千年前がつい昨日のことのように思えたりする……

「お頭は……俺とあね様を、あの見世物小屋から助け出してくれた時のことを、いまだ覚えておいでじゃろうか」

「……虎？」

虎ちゃんが珍しく、真面目な口調で馨様に問う。

その表情は、どこか寂しさすら感じられるものだった。

馨様は作業の手を止めて、かつて、一の子分として行動を共にしていた虎ちゃんの問いかけに向き合う。

「覚えているに決まっているだろう。虎も、熊も、あの頃はまだ小さく、そしてボロボロだった。異国から連れてこられ、ろくな食べ物も与えられず、狭い檻《おり》に入れられて……言うことを聞かなければ、痛めつけられて。千年前の人間ってのは、今よりよほど〝あやかしを見る目〟を持っていたから、お前たちのような珍しい獣を捕らえたら、見世物にして金を取る人間もそれなりにいた」

馨様はかの時代の、冷遇され続けた現世《うつしよ》のあやかしたちのことを思い出している……

そのような表情で、ございました。

○

千年前の平安京《へいあんきょう》にて。

私たち鬼獣とは、実のところ人間の女とものののけの間に生まれた半妖《はんよう》である。
母親とその親族に売り飛ばされ、人間たちによって大陸より連れてこられ、鞭打《むちう》たれ弱った状態で見世物にされていた。

もともと、熊童子と虎童子は姉弟というわけではない。
見世物小屋に連れてこられる過程で、私たちはお互いに心を許し、そのような契りを交わした。寄り添い、温め合うことで、何とか生に意味を見出《みいだ》したくて。

だけどあの時、私は死ぬはずだったのだ。
霊力が足りず衰弱したこの熊童子を、見世物小屋の人間たちは、最後に残虐な処刑をすることで、見世物の目玉とするつもりだった。

虎童子はそれに激しく反発し、見世物小屋の人間たちを嚙《か》み殺して、私を連れて逃げようとした。しかし平安京には当時、あやかし退治を専売特許とする武将や、陰陽寮《おんみょうりょう》の陰陽師たちが存在しており、我々は彼らに包囲され逃げ場を失う……

「あね様、俺を食らって、逃げるのじゃ。わしはもう持たん」

「何を言う、何を言うの虎。嫌じゃ。人間から逃げて、こんな淀《よど》んだ雲の下で、たった一人で生きていくなんて、嫌じゃ……っ」

平安京の空は淀んでいた。

この先、生きのびたとしてどこにも居場所はない気がした。

私たち姉弟は、逃げられぬならいっそ二人で死のうと、追い詰められた先でお互いの肉体を嚙みちぎって果てようとした。だが、

「死ぬな。俺と共に来い。あやかしだって、死に場所くらい選べる」

私たちを引き離し、そのような言葉を下さったのは、当時平安京で最強と謳《うた》われていた鬼・酒呑童子様だった。

酒呑童子様は我々を抱えて、難解な平安京の結界すら簡単に解いて、追っ手を撒《ま》いて逃げ切ったのだった。

私たちはその後、酒呑童子様に介抱していただき、霊力が回復するだけの十分な食事を与えていただいた。

死に場所くらい選べる――

そう言った酒呑童子様だったが、この言葉には〝天命を全うしたのちの幸せな死〟という意味が込められており、あやかしという理由だけで降りかかる無念の死を、この方は心底嫌っているようだった。

それだけ多くの、あやかしたちの理不尽な死を見てきたのかもしれない。

元気になった頃には、酒呑童子様という鬼にすっかり惚《ほ》れ込み、私も虎も、二人でこの方の子分になることを決めたのだった。

子分といっても、酒呑童子様は昔からこんな感じのお方で、私たちを前に偉そうにすることもあまりなく、鬼の割に質素で素朴。ただただ、共に過ごす仲間として、私たちを側に置いてくださった。

私たちはしばらく三人で大江山《おおえやま》に縄張りを作り、行き場のないあやかしたちを山に迎え入れては、日々を懸命に生きるということだけに必死だったのだ。

そうそう。

酒呑童子様は当時から、目鼻立ちのはっきりした類い稀《まれ》な美男子だったが、女性というものに興味がなく、いやむしろ恐れてすらいるようで、そこがなんというか玉に瑕《きず》だった。

当初は私ですら、近づくと少し距離を取られたくらい。

だけど私には最愛の弟の虎がいたし、酒呑童子様に色目を使うこともなかったので、徐々に自然体で接してくれるようになった。それでもやはり、基本的には女嫌いだった。

大江山のあやかしのお頭なのだから花嫁を迎えてはいかがか、と提案するも、

「嫌だ怖い」

なんて情けないことを言って。とてもあやかしを束ねるお頭とは思えない怯《おび》えようで首を振るのだから。

過去に女絡みで何かあったのだろう……と虎ちゃんは琵琶《びわ》を奏で嘆いていた。お頭が哀れじゃ〜哀れじゃ〜と。

しかしある日、酒呑童子様に変化が訪れる。

毎夜どこかへ出かけるようになり、朝になるとぼーっとした夢見心地の顔をして戻ってくるのだ。

「あれは恋煩いじゃな」

「それは誠か、虎ちゃん」

私と虎ちゃんは、ある日こっそり酒呑童子様をつけてみる。

するとお頭は、確かに若い人間の娘の元へと通っていた。

いよいよお頭に春がやってきたのじゃー。わーい、わーい。

虎ちゃんと一緒に大喜びするも……あれ。

よくよく観察してみると片思いじゃ。

奥手のお頭はその娘に触れることも攫《さら》ってしまうこともなく、ただ枝垂れ桜の木の上か

ら見守っているだけで……

なんて哀れな。なんて健気な。そしてなんて情けない。

実にお頭らしいのだけれど、鬼としてそれは如何《いかが》なものか。

そんなこんなで酒呑童子様を陰から応援していたある日、お頭は見るに絶えないしょんぼり顔で大江山の隠れ家に戻ってきたのだった。

あ、これは失恋したんじゃな。

虎ちゃん曰《いわ》く、そういうこと。

どうやら酒呑童子様がしつこく通い続けたせいで、意中の娘が、かの大陰陽師安倍晴明の元へと預けられたのだとか。

あー、そりゃもう無理じゃー。

そう。虎ちゃんの言う通り。相変わらず、ついてないお方である。


――しかし転機は訪れた。

酒呑童子様の意中の娘・茨姫様が鬼へと変貌《へんぼう》し、座敷牢《ろう》に捕らわれているという知らせが、この大江山まで届いたのだった。

酒呑童子様は様々なことを決意して、茨姫様を座敷牢より助け出し、この大江山へと攫ってきた。

それが、今でいう私たちの奥方様。

のちに茨木童子として名を馳《は》せる、酒呑童子様の妻となられるお方でございました。

○

「あ、お頭が居眠りしてるんじゃー」

「こら、馨様のほっぺをつんつんするんじゃありません虎ちゃん。馨様は我々の漫画のために力を尽くし、お疲れなのです」

「最後の方なんて裏技で結界術と霊紙を駆使して、かつての大江山と御殿をよりリアルに作画してたものなー。おかげでラブコメ回なのに最高の背景じゃ。ちゃんと仕事をこなして寝るのが、お頭らしいんじゃなあ」

虎ちゃんが、眠る馨様にそっと毛布をかけた、その時だった。

ほんの微《かす》かに、こちらに向けられる殺気のようなものに気がつく。

私も、虎ちゃんも。

「また、じゃの。あね様」

「最近、このの ばら荘に近づこうとする悪《あ》しきあやかしの多いこと。……何か、近寄ってきたのです」

「ほー、それはそれは……飛んで火にいる早春の虫、ってやつじゃよ、あね様」

虎ちゃんの目の色が変わった。

私はそれを横目で見て「行くの？」と尋ねてみる。答えはわかっていたけれど、一応。

「もちろんじゃ、あね様。お頭と奥方様の平穏を脅かす奴らは、みんな敵じゃ。どいつもこいつも、敵じゃ」

「……そうじゃな、虎ちゃん。今世こそ我々があの方たちをお守りせねば。何のために生き残り、こうやって巡り会えたというのか」

そして私たちは、疲れて眠る馨様がこの気配に気がつく前に、こっそりとベランダに出ると、そこに作った収納用結界を開き、古い得物を取り出す。

虎ちゃんは棘棍棒《とげこんぼう》を。

私は鉞《まさかり》を。

かつて、狭間の国の製鉄技術で生み出した、鉄の武具。

なぜかこれらも、我々と共に封印されていた。

ズルズルと尾を引き、こののばら荘の敷地へと踏み込み、二階の端の部屋の窓を覗《のぞ》く。

奥方様の部屋だ。なんて命知らずのあやかしだろう。

「悪妖《あくよう》化した蛇骨……」

「ほー。手遅れ、じゃな」

私たちは得物を背負い、のばら荘の屋根の上に立っている。

虎ちゃんも、おそらく私も、とても冷めた目をして、哀れな悪妖を見下ろしていた。

蛇骨。その名の通り、蛇の骨の姿をしたあやかし。

全長十メートルくらいあるだろうか。

茨姫様……奥方様の血肉を求めて、ここへ来たのか。それとも、誰かの差し金か。

蛇骨は我々に向かって、その巨大な骨の尾を振るった。

しかし、それがこのボロアパートを薙《な》ぎ倒す前に、虎ちゃんが両手をパンと合わせて、自らの術を行使する。

「開け。狭間《はざま》結界」

一気に景色が反転し、狭間が展開される。

そこは、ブナの木の生い茂る山林。そう……かつての大江山。

虎ちゃんがもっとも愛したあの山を模して作った狭間だった。

蛇骨は状況に怯《ひる》んだのか、巨大な体を引きずって逃げようとする。狭間結界を食い破ろうとしているので、この術の存在は理解しているみたいだ。だが、

「逃がすものか」

「俺たちはこう見えて、甘くない」

ここは我々がもっとも動きやすい舞台、大江山。

ブナの木の間を力強く駆け抜けながら、逃げようとする蛇骨を追いかける。

我々は森の獣だ。蛇骨の頭蓋骨《ずがいこつ》を視界に捕らえると、得物を同時に振り落とし、弱点であるそれを容赦なく粉砕したのだった。

「…………」

パラパラと、粉々になった骨が舞う。

あの方々だったら哀れな悪妖すら、救おうとしただろうか。

だが、私も虎も、ためらわなかった。

酒呑童子様。お頭。我が王。

あの方が唯一愛した奥方様。

死と生により引き離された二人が、再び今世で出会い、平和に過ごしていると知った時、私たちがどれほどに嬉《うれ》しく、救われるような心地だったか。

狭間の国の滅亡の末路を、私たちは忘れたりしない。

あの女狐を救ったせいで、招いた滅びを忘れることはできない。

失った時間の重みを、悔やまぬ日々はない。

だからこそ、だからこそ。

最優先で守るべきは、あの方たちだけでいい。

漫画は手段の一つだ。

王と奥方様の尊厳を物語で守り、彼らの身の安全はお側で守る。

守り尽くす。今世こそ、必ず。

あの方々にできぬことを、我々が代わりにやるのだ。

「……ねえ、あね様」

パラパラと舞う骨の向こうで、虎ちゃんは鋭さを帯びていた獣の眼を徐々に落ち着かせ、狭間結界を解く。

そして、恐ろしくいつも通りの、のばら荘の屋根の上でペタンと座り込む。

「わしらの死に場所は、いったいどこにあるのじゃろうな」

私たちにはとても忘れられそうにない、酒呑童子様からいただいた言葉の答えを、今もまだ探している。

長い時を彷徨《さまよ》い続けてもなお、答えは出てこない。

「人として生きるあの方々の、儚《はかな》き生の時間を守り尽くしてから、考えましょう。我々が先に倒れることは、もうあってはなりませぬ」

だから私は、そう答えた。死に場所を見いだすのは、まだ先だと。

虎ちゃんは横目で私を見てから、ふふっと軽快に笑った。

もう、元の虎ちゃんだ。

「そうじゃなー。漫画の完結前にぽっくり逝っちゃったら、読者の衆に申し訳ないものな」

「そうじゃそうじゃ。アニメ化前なのに、死に場所を気にする奴がありますか。怪我もいけませんよ、虎ちゃん。休載でもしたらまたネットであれこれ言われます」

「あね様そういう一部の声を気にしすぎじゃー」

私たちはお互いに寄り添い、なんとなく抱き合って、ポンポンと背を叩《たた》いたり頭を撫《な》でたりして戯《じゃ》れ合う。

無性に泣きそうになるのをお互い我慢しながら、それを理解し、慰め合っているのだ。

諸々落ち着いたら、そっとベランダに戻り、得物を収納用結界に預け部屋に戻る。

すると、馨様はすっかり起きていて、私たちの帰りをぼんやりと待っていた。

「俺が爆睡してる間に、お前たちに手間をかけさせたようだな。すまない」

その神通の眼で、ことの全てを、お見通しか。

「何をおっしゃいます馨様。我々は酒呑童子の、右腕と左腕ですよ」

「こんなの朝飯前じゃー」

馨様は困った顔をして笑っておられた。

その顔が、やはりかつての酒呑童子様を彷彿《ほうふつ》とさせる。

千年もの昔、酒呑童子様は、あやかしでも死に場所くらい選べるとおっしゃった。

その言葉の意味と、難しさを、今なら嫌というほど理解できる。

あやかしとは力があればあるほど、人間に討たれるか、生き続けるかしかできない。

「…………」

この方は、いつか再び、あやかしたちのためにお立ちになるのだろうか。

千年前と違う結末を迎えるために必要なものを、私も虎ちゃんも、多分茨姫様の眷属《けんぞく》たちも、いまだ探している。

ねえ、酒呑童子様。

我々の幸せな死に場所とは、いったいどこにありますか。

ここ浅草にあると、私たちは信じてもいいですか。

第五話　浅草の七福神（上）

浅草《あさくさ》地下街あやかし労働組合。

その組織の組合長こと灰島大和《はいじまやまと》と連絡がついたのは、もうすぐ桜が咲くねって、隅田《すみだ》公園の膨らみ始めた蕾《つぼみ》を見上げる、そんな三月の上旬だった。

「なかなか連絡が取れないと思ったら、今度は私たちを高級すき焼き店に呼び出して。一体どういうこと、組長」

「……すまねえ、こっちもゴタゴタしていてな」

組長は浅草で〝くちなし〟というあやかしが営む高級すき焼き店の個室に、私と馨《かおる》、そして由理《ゆり》を呼び出し、一人軽く万は超えるであろうすき焼き会席の宴の席を設けた。

なんだかもう、これだけで色々怪しい。

「浅草地下街って、意外と儲《もう》かってるんすね」

「んなわけあるか天酒《あまさけ》。これはなー、要するに、そういうことだ」

「そういうことってどういうことですか……」

馨も由理もお互いに目配せして、なんかヤベーぞという空気を醸している。

ヤバさはすでに組長の目の下のクマを見ていてもわかる。

この人、ここ最近ずっと寝てないぞ。何をしていたというのか。

とりあえず聞きたいことは山ほどあったが、すぐにくちなしの女将《おかみ》さんが、すき焼き用のお鍋と、割り下、美味《おい》しそうなお肉、野菜、焼き豆腐を運んできた。

何かこう、ヤバめの会合を開く時に、浅草地下街と古くから所縁《ゆかり》があり口の硬いくちなしの営むすき焼き店が使われる、という噂を聞いたことがあったが、それはマジだったみたい。

しかし高級肉のすき焼きか……ただ一言、めちゃくちゃ美味しそう。

卵を割って溶き、ぐつぐつ煮えるお肉を見つめてスタンバイ。

「本題に入ろう。お前たちもそろそろ気がついているかもしれないが、浅草は今、ちとヤバイ」

「……というと？」

「浅草七福神の一柱、石浜《いしはま》神社の〝寿老神《じゆろうじん》〟が消失なさった。何者かにより攻撃され、現《うつ》世《しょ》への顕現が難しくなっている状態だ」

「ええっ、そうなの⁉　神様を攻撃⁉」

想像以上にやばそうな話だったので、思わず声をあげてしまった。

組長が「しーっ！」と人差し指を口に当てて、すごい形相でこっちを睨《にら》んでいる。

「激しいリアクションはいらんっ！　すき焼き食べながら静かに聞いてください」

甘辛く茶色に染まり、グツグツ煮えている美味しそうなお肉を、組長が直々に私の器に入れてくれるので、それを食べておとなしくしつつ……

石浜神社とは、浅草の北側にある、隅田川《すみだがわ》沿いの大きな神社だ。

決して、力の弱い寿老神が鎮座していたわけではない。

「浅草には、七福神の名の下に張られた守護結界があり、石浜神社は、浅草の守護結界の一角を担っていた。ゆえに一柱の消失は致命的で、そこからじわじわと結界の解《ほぐ》れに繋がっている。ここから浅草に入り込む邪《よこしま》なあやかしや、あやかし狩りを目的とする狩人《かりゅうど》が後をたたず、対処しているが間に合わない状態だ。すでに浅草のあやかしは、小さな手鞠《てまり》河童《かっぱ》から、人間として生活しているあやかしたちまで、何人か行方不明になっている」

その話を聞いて、私たちのすき焼きを食べる箸《はし》が止まる。

「浅草地下街に属し、住民票も持っているようなあやかしですら、だ。そう……うちの幹部でもある一乃《かずの》も、吉原《よしわら》のろくろ首太夫《たゆう》として名を馳《は》せていた時代があったから、狩人に目をつけられ、一度攫《さら》われた」

「嘘……っ、一乃さんが狩人に!?」

「しっ、静かに、茨木《いばらき》」

組長に怒られたが、こればかりは初耳で驚かずにはいられなかった。

じわじわと嫌な脂汗が頰を伝う。怪我をしたと聞いていたし〝居酒屋かずの〟はずっと閉まっていたけれど、本当の理由は、これか。

「一度攫われたということは、今は……？」

「ああ。継見《つぐみ》……じゃない、夜鳥《やとり》。一乃はすでに救出し、今は奴らに見つからない場所へと避難させている。足を怪我していたので、その治療もかねて。命に別状はない」

しかし組長は、そんな話をしながらも、憤りを隠しきれないようだった。

そりゃあそうだ。一乃さんは、組長のことを生まれた時から可愛がってきた、姉貴分。そんな一乃さんが攫われ、傷つけられたとあっては、組長だって黙っちゃいない。

だからこそ、無理してでも救出に出向いたのだろう。

私は、大好きな浅草の秩序を乱す輩《やから》を見逃す訳にはいかない。

許せない。そんな奴らは皆、敵だ。

「狩人なんて、私が一発で場外さよならホームランにしてやるわ！」

「いや……狩人の取り締まりは、俺たち浅草地下街や、陰陽局《おんみようきよく》の仕事だ。お前たちに危険なことをさせるわけにはいかない」

私の宣言を挫《くじ》く組長のあっさりした言葉に、私は「あらっ」と体を傾ける。

「な、何言ってるんですか大和さん！　こういう時こそ、俺たちの力が役立つ時だ。前に言ったじゃないですか、あなたの手に負えないようなことがあれば、いざとなったら俺たちが力を貸すって！」

納得できていないのは馨の方だった。熱くなって、机から身を乗り出している。

だが組長は苦笑し、どこか自信なさげに視線を落とした。

「天酒、お前の言いたいこともわかるがな。確かに俺の力や……浅草地下街だけでは、ちと荷の重い話かもしれない。お前たちの力を借りた方が、万事上手《うま》くいくことも」

「あ……いや、そんなつもりで言ったんじゃ……っ」

「分かってる。でも、俺の力不足ってのは確かだからな」

馨は少々バツの悪そうな顔をしていた。

組長はそんな馨のグラスに、「ほら飲めよ、好きだろ」と、こどもビールを注ぐ……

「相手があやかしであればお前たちを頼っただろうが、今回の相手は人間だ。人間っては、時にあやかしより厄介で、どこまでも残酷になれる。お前たちを巻き込む訳にはいかない」

「組長、でも」

「お前たちには平穏な日常を生きて欲しい。なぜだかな、最近、やけにそう思うんだよ」

組長はらしくないセリフを吐いて、ふっと笑った。

そのお疲れで儚げで消えてしまいそうな微笑みがまた、並々ならぬ不安を掻《か》き立てる。

「……組長、死んだら嫌よ」

「いや死亡フラグたてたつもりねーから」

組長が咳払《せきばら》いをして、空気を変えた。

「だが、お前たちにも頼みたいことはある。そのためにここに呼んだんだ」

「頼みたいこと？」

「お前たちには浅草名所《などころ》七福神の鎮座する寺社を巡って〝御印〟をいただき、石浜神社の結界の修繕をしてもらいたい。ぶっちゃけ結界が綻《ほころ》んだのは、七福神どものモチベーションの低下にも問題がある訳で……やる気のない七福神も、お前たちが叱咤《しった》激励に来たとあれば少しは刺激を受け、神として自覚してくれるだろう」

「えー、でも私、あの神様たちから御印なんていただける自信ないわ。タダでくれるとは思わないもの」

「俺も」「僕も」

私に続き、馨も由理も揃って頷《うなず》く。

「いや、確かにまあ大黒天《だいこくてん》様以外は、うん。難しいのもいるな。今までは俺がマメに挨拶《あいさつ》に行き、奴らの頼みごとを聞いたり暇つぶしに付き合ったりして、モチベーションを上げてきたんだがな。最近は忙しくなって、そういう訳にもいかず。あのやろー共、ほんとわがままで、手がかかるから……」

「組長いよいよ、七福神を〝奴ら〟とか〝あのやろー共〟って言い出したわよ」

「突っ込んでやるな真紀《まき》。それだけこき使われてきたんだろう……」

「ゴホン。今聞いたことは一部忘れてくれ。七福神に告げ口するんじゃねーぞ」

組長、そこは切実な顔をして念を押したのだった。


話を終え、すき焼きを堪能し尽くした後は、浅草地下街の黒い車でのばら荘まで送ってもらった。由理だけは勝手に飛んで帰ってしまったけれど。

のばら荘の前で車を降りると、馨が前の座席に座る組長に声をかけていた。

「あの、大和さん。その……さっきはすみませんでした。大和さんに力がないと、そう言いたかった訳では、決してなくて。ただ、無茶はしないでほしいと……」

馨ってば、さっきからずっと気にしてたのね、そのこと。

組長はそんな馨に目をぱちくりとさせていたが、ぷっと噴き出して笑うと「らしくねえなあ」と馨の胸を小突く。

「分かっている、天酒。心配をかけたな」

こういう時、年相応に組長の方が年上に見えるわね。

まあ実際に、齢《よわい》23とは思えないほど、組長ってしっかりしているんだけれどね。

なぜか馨も組長に対しては素直なところがあるし、よくこの人を気にかけている。

ずっと私たちの事情を知る人間として、お世話になってきたからというのもあるけれど、組長は決して強くないその力を言い訳にせず、努力だけで浅草地下街を引っ張ってきたわけだから、純粋に人間としての魅力を感じているのだろうと思う。

私だってそうだ。組長は好き。

「無茶は禁物よ、組長」

「はいはい、茨木もとってつけたような心配をありがとうよ」

そして組長は、お供の矢加部《やかべ》さんの運転する車に乗って、夜の浅草に消えたのだった。

翌日、私と馨は早起きをして、朝からモリモリご飯を食べた。

なんたって今日は浅草七福神に会いに行かなければならない。浅草を囲うように存在する寺社を九つ巡るのだ。

この〝浅草名所七福神〟とは、以下の寺社と七福神で成り立っている。

浅草寺《せんそうじ》の大黒天。

浅草神社の恵比寿《えびす》。

矢先稲荷《やさきいなり》神社の福禄寿《ふくろくじゅ》。

鷲《おおとり》神社の寿老人。

石浜神社の寿老神。

橋場寺不動院《はしばじふどういん》の布袋尊《ほていそん》。

今戸《いまど》神社の福禄寿。

待乳山聖天《まっちやましょうでん》の毘沙門天《びしゃもんてん》。

吉原《よしわら》神社の弁財天《べんざいてん》。


寿老人（寿老神）と福禄寿が二柱ずついるのが特徴ね。

七福神は各地にもいるけれど、浅草名所七福神は江戸時代より民に愛され信仰されてきた、名高い浅草の神々だ。

まずはおもちをスイとミカのいる安全地帯へと連れて行き、そこで由理と合流して、三人で浅草寺へ。

浅草寺の七福神は、おなじみの大黒先輩……

いや、この場合は大黒天様と呼んだ方がいいだろうか。

「要件はあいわかった。石浜神社のことは俺も気になっていたからな。この浅草寺大黒天の御印ならいつだって何個だってくれてやるぞ」

「……ほんと、大黒先輩は話が早くて気前が良くて、やりやすいわ」

名実ともに、浅草の七福神のリーダー。

浅草七福神の中でも飛び抜けて強い力を持っているし、私たちがあれこれ説明をしなくても、すぐに状況を理解してくれるし……

「本当は大黒先輩から七福神に掛け合ってくれるのが一番いいんだけど。そういうの無理なの？」

「え？　あー、いや……それは……神によるっていうか、この俺にも手に負えない奴もいるというか？」

「大黒先輩が冷や汗かきながら言い淀《よど》むなんて、幸先悪いよね」

うん。由理のいう通り。

七福神がそれだけ厄介だということの表れでもあるからして。

「さあ、頭を垂れよ」

大黒先輩の前で頭を垂らすと、彼は神器である打ち出の小槌《こづち》を取り出し、それを私たち三人の頭に振り落とした。

リ――――ン……

高らかな音が響き、頭の上に〝大黒天〟の文字が浮かぶ。

それが体内にスウッと溶け込み、消えた。

今回はこのように、浅草の七福神を全て回って各七福神の〝御印〟をいただかなければならない。

壊された石浜神社の結界を修復する為に必要なのは、各神々の名が書かれた御印なのだった。しかしこれをいただくのが、なかなかの難題。簡単に御印を授けてくださる大黒先輩が稀《まれ》なだけで、普通は何か代償を要求されたりするのだった。

「ところで大黒先輩。タダで御印をもらうわけにはいかないので、何か僕らに頼みごとでもありますか？」

　無償でもらえそうだったのに、由理が余計なことを律儀に尋ねる。

「んー、あるっちゃあるが。それは無事に結界の修復が終わった後にでも、お前たちに告げたいと思う」

「なんか大黒先輩が畏《かしこ》まったことを言ってるぞ」

「怖いわね……」

「さあさあ！　今日中に全ての七福神を巡らねばならんのだろう？　悠長にしている暇などない。お隣の浅草神社にレッツゴーだ！」

「あれ、いつの間にか大黒先輩が仕切ってる……？」

　というわけで、浅草寺のすぐ隣にある〝浅草神社〟へ。

　ここは〝三社さま〟と親しまれ、有名な三社祭の神社でもある。

　祀《まつ》られているのは、土師真中知命《はじのまつちのみこと》、檜前浜成命《ひのくまのはまなりのみこと》、檜前竹成命《ひのくまのたけなりのみこと》。浅草寺発祥に携わった三人の人間を神として祀っており、三社さまとはこの三柱を指す。

そして七福神は恵比寿。

浅草寺と縁深く、隣り合うお寺と神社なので、浅草神社の恵比寿は大黒天と対をなす存在として信仰されてきた。

ゆえに、大黒先輩とは兄弟のように仲良しの神、のはずなのだが……

「おい、えびっさん出てこい！　えびっさーん」

「普通にここにいるけど……」

大黒先輩の大声で〝えびっさん〟と呼ばれたその神は、見えない人間たちにスルーされながらも、浅草神社のお社の段差にぽつんと座り込んでいた。

ただただぼんやりと、池も川もないのに釣《つ》り竿《ざお》を垂らしている。

見た目は中学生程の男の子だが、ジジくさい色の狩衣《かりぎぬ》を纏《まと》い溌剌《はつらつ》さはなく、生気に満ちた大黒先輩とは真逆の空気を持つ神様だ。

「おい、覇気がないぞえびっさん！　生きてるか、生きてますかーっ！」

「うるさいよ大黒。声と顔がうるさい」

そうして顔を上げ、私たちを十秒ほど見つめてから、やっと誰だか認識してくれたみたいで、

「あー……鬼と鬼と鳥だ。お前たちがわざわざここに来るのは珍しい」

「恵比寿様を見てると不安になるわ。時の流れが人間離れしていて」

恵比寿様は私たちの訪問に多少は驚いてくれたみたいだったが、すぐに大したことないと言いたげに釣りに興じる。基本、とてもマイペースで無表情。

「って、こんなゆるい時間を過ごしている場合じゃないのよ恵比寿様！」

「……で？　何の用？」

「単刀直入に言うけど、七福神の結界を修復したいから、恵比寿様の〝御印〟をくれない？」

私は堂々と恵比寿様の前に立ち、御印を乞《こ》うて手を差し出す。

恵比寿様はしばらくぼんやりと私の手を見つめた後、おもむろに、

「なら私の頼みごとを聞いて茨姫《いばらひめ》。ちょっと今、あるものを釣ろうとして苦戦してるんだ」

「あるもの？」

ふと磯の香りが漂ってきたと思ったら、錦《にしき》の雲が目の前を横切り、ほどなくして景色が変わる。音もなく静かに。

「ここ」

そこはすでに、海のド真ん中。

社は巨大な鯨の背に建てられていて、悠々と航海中であった。

「流石は漁業の神、恵比寿様だね。ここは神域だ」

由理の説明の通り、恵比寿神とは漁業の神として有名だ。

時として鯨を意味することもある。

「それで恵比寿様はいったい何を釣ろうとしてるの？」

「……落とし物。パズルゲームしてたらこの海にスマホを落として失くしたんだ。誰か一緒に釣り上げてくれない？」

「神様が自分のスマホを神域で失くすって……」

「人間だって、自分の部屋で大事なものすぐ失くすでしょ。それと同じ」

呆《あき》れてものも言えないが、流石は人の営みに根づいた七福神の一柱。人間たちにとって必需品のスマホを持っていても、おかしくはないかもしれない。

「なら、ここは馨君の頑張りどころじゃない？　結界とか神域のエキスパートだし、もの捜しに良い目もあるしね」

「げっ。面倒くさいのをさりげなく由理に押し付けられたぞ」

そんなこんなで、この広大な海のど真ん中で、馨が恵比寿様のスマホ捜しを頑張るということに。さっそく神通の眼を光らせ、足場に術式を展開してサーチかけてる。

「時間もないし、僕らも手分けしてそれぞれの七福神に会いに行った方がいいかも」

「それはナイスな提案ね、由理。巡らなきゃいけない寺社は九つもあるし、御印は誰かが一つ持ってくればいいしね」

「僕、かっぱ橋道具街の向こうにある、矢崎稲荷神社に行ってくるよ。真紀ちゃんはどうする？」

「じゃあ私は、鷲神社の寿老人のところに行くわ。あそこの寿老人様はまだ私に甘いし。ついでに……吉原神社に行ってみる。近くだから」

由理が「ええっ」と、素《す》っ頓狂《とんきょう》な声をあげた。

「それ大丈夫？　真紀ちゃん、吉原神社の弁財天様とは犬猿の仲じゃん」

「ま、まあそうなんだけど。だって近いから」

「おい真紀、無理そうだったら連絡しろよ。吉原の弁財天なら男が交渉した方が間違いない気がする。あと、結界が緩んでるってことは妙な輩も入り込んでるってことだ。そういうのに遭遇したらー」

「あーあー、はいはい。わかってるわよ馨。あんたってほんと心配性ねえ。私は強いけれど……無理しないわ」

こうして、私と由理はそれぞれ担当した寺社へと向かったのだった。


鷲神社。それは国際通りを三《み》ノ輪《わ》駅方面に歩いて行くと出くわす、門構えの立派な大きな神社だ。〝酉《とり》の市〟で有名よね。

ご祭神は、天日鷲命《あめのひわしのみこと》と、日本武尊《やまとたけるのみこと》。

そして七福神は寿老人である。

おでこをなでれば賢くなり
目をなでれば先見の明が効き
鼻をなでれば金運がつく
向かって右の頬をなでれば恋愛成就
左の頬をなでれば健康に
口をなでれば災いを防ぎ
顎《あご》から時計回りになでれば物事が丸く収まると云う

社の手前にはそのような云われの書かれた立て札があり、大きな〝なでおかめ〟が鎮座している神社だ。

ここの寿老人は私の肩もみが大好きなおじいちゃんなので、〝御印〟を貰《もら》う代わりに肩こりほぐし30分コースをお見舞いしてあげることにした。鷲神社の寿老人は、痛いのか気持ち良いのかわからない悲鳴をあげていたが、ここは問題なく、無事に御印をゲット。

「さて。問題は次なのよね……」

足取り重く、鷲神社のすぐそばにある吉原神社へと向かう。

浅草神社や鷲神社に比べれば、住宅地に囲まれたこぢんまりとした神社だ。

だけどここが、私にとっては最難関と言えるのよね……

吉原神社。それはかつて吉原遊郭にあった五つの稲荷神社と、吉原弁財天を合祀《ごうし》した神社である。有名な吉原の遊郭の歴史と共にあり続け、火災、大震災、空襲などで度々焼失してきたのだが……

「吉原神社の弁財天は、やっぱり弁天池跡にいるようね」

吉原神社には、すぐそばに奥宮がある。そこは〝吉原弁財天本宮〟や〝弁天池跡〟と呼ばれ、浅草名所七福神の紅一点である弁財天は、こちらにいることが多い。

神社を出てそちらへ向かおうと振り返った時、

「あ」

ちょうど道路を挟んだ向かい側に、銀髪の青年が腕を組んで立っているのを見つけ、私は「おーい」と声をかけ、車が来ていないのを確認してから駆け寄った。

凛音《りんね》はどこか不機嫌な顔をしている。

「……なぜためらいもなく声をかけてくる。茨姫」

「なぜって、リンを見かけたら声くらいかけるわよ。だって私の元眷属《けんぞく》じゃない」

「…………」

「あんただって、どうしてここに？　あ、もしかしてこの界隈《かいわい》に用事？　男の子だものねえ……」

「ち、違うっ！」

凛音は否定したが、かつて吉原遊郭のあったこの辺りは今もなお歓楽街であり、その手のお店も多いから。

「茨姫。あなたが何かしているようだったから、少し様子を見ていただけだ。一体何をしに来た、こんな場所まで」

「私は吉原の弁財天に御印をもらいに来ただけよ。石浜神社の結界が破られたから、それを修復するために御印が必要なの」

「ああ。……その件か」

凛音の顔色が変わり、何か思い当たることでもあるように、視線を横に流した。

それを見逃すことなく、私は続ける。

「でも私、吉原の弁財天をちょっと前にワンパンで倒したことがあってね、今も絶対恨まれてると思うのよ。本当は馨とか由理とか、イケメンの男子が来た方が話がうまく纏まったんだろうけど、あいつらも他の七福神相手に必死だからなー。私は美少女だけどイケメンじゃないからー……」

なんてぼやきつつも、私ははたと思い当たることがあり、凛音を見上げる。

そしてスカした凛音の顔を両手でガシッと掴《つか》んで、よくよく見つめる。

「⁉ な、なんだ、茨姫」

「いるじゃない……いるじゃないイケメン。超級イケメン」

「は？」

凛音は私の予想外の行動に戸惑いを隠せずにいる。今の私はかなりギラついてるでしょうからね。

だって吉原弁財天を唸《うな》らせるであろうイケメンを、思わぬところで捕まえたんだもの。

私は凛音にいっそう迫り、その髪に触れ……

「なんてサラサラの銀の髪。今は短く切っちゃってるけど、千年前は絹糸の束のように長くて……私のお気に入りだったわ。それに黄金の瞳《ひとみ》と紫の瞳、オッドアイってのもにくいわね。弟のミカの瞳を奪ったのはいただけないけど」

私がぐいぐい迫ると、リンは少しの間私を睨《にら》んで対抗し、やがてすっと視線をそらす癖がある。それは千年前から変わらないわね。

「正統派イケメンな馨や、美少年顔の由理と違って、リンはなんていうか、王子面なのよねえ、ちょいダークサイド寄りの」

「訳のわからないことを言うな、茨姫」

「直訳すると、逃がしゃしねえ、って言ってるのよ。さあ、一緒に来なさい。あんたがいた方が、あの女神の機嫌もよくなるってもんよ」

凜音を引きずって、私たちは吉原神社の奥宮、弁天池跡へと足を踏み入れる。

住宅地に囲まれていながら、ここだけはまるで時間が止まっているかのごとく、神秘的な空間だ。木々に囲まれ、薄暗く静寂の中にあるが、だからこそ色とりどりの花と、華やかな装飾が印象的に映る。

中央には、多くの献花に飾られた、巨大な碑石が。

「ここは、いったいなんだ」

「あら、リンは吉原の歴史を知らない？　ここはねえ、かつて遊女たちの信仰を集めた弁天池があった場所で、悲劇的な遊女たちの霊を供養する場所よ」

「悲劇……」

「関東大震災で、この辺りは大火災に見舞われたの。遊女たちは廓にいて、逃げられなくてね……ここにあった大きな池に飛び込んで、多くの人が溺死《できし》してしまったのよ」

「…………」

凜音は、碑石の上に立つ優美な弁天像を見上げ、目を細めた。

献花の数は多く、今でもここへやってくる人々の多さを物語る。

誰かが供えた色とりどりの花、まだ漂う線香の煙、そして……

「誰かしらと思ったら、いまいましい茨姫でありんす」

「出たわね、吉原弁財天」

その吉原弁財天は、吉原の遊女たらしめる美しい姿をした、色気の権化のような煌《きら》びやかな美女だ。しかし通常の人間より一回り小さく、以前出会った江《え》の島《しま》弁財天とはまた違う姿だ。

その女神は白粉《おしろい》を塗り紅をさした派手な化粧を施し、肩まで顕《あらわ》にした裾《すそ》の長い着物を纏《まと》い、碑石の上から私を見下ろし、ふーっとシャボン玉を吹いていた。

「何用か。わっちは今、かわいいかわいい、ろくろ首太夫の一乃を傷つけた人間を、なんとかして呪い殺そうと画策中でありんす。それに茨姫、お前が夏にわっちにした所業を忘れたとは言わせないでありんす。お前も呪い殺すでありんす」

「あ、あの時のことは水に流してよ吉原弁財天。あんたが私のこと馬鹿にして、あれこれ喧嘩《けんか》ふっかけてきたから、自己防衛の為にパンチしただけでしょう」

「メガトン級のパンチ食らわせておいて、何が自己防衛でありんすか。あのせいでわっちの美しい顔に青あざができたでありんす。やっぱり呪い殺すでありんす〜」

相変わらず恨みがましい、ネチネチした弁財天め。

静かに咲く花々の間を、虹色《にじいろ》のシャボン玉が行き来する、その刹那《せつな》の合間に……

姿形はそれほど変わっていないが、すでにここは吉原弁財天の神域へと変わっていた。

頭をあげると、吉原の遊女の霊がクスクス笑って、私たちを見下ろしている。

「げ、幽霊……っ」

「うっふふふ。お前が霊を苦手とすることは承知でありんす。今回はわっちの勝ち〜」

遊女の霊が私に冷たい息を吹きかけたり、髪を引っ張ったり。

あああ、ゾクゾクする。幽霊が近寄るだけで、体が震える。

思わずバッと、自らの体を抱いた。

「おい」

その時だ。

「遊女の霊ども、俺の目の前で何をしている。茨姫に危害を加えたらタダではおかないぞ」

隣でおとなしくしていた凛音が、キツく遊女の霊たちを睨んだ。

霊たちは凛音に気がつくと、私にいたずらをしていたその手を止めて、

「きゃっ、イケメン」

「吸血鬼の殿方よ！」

「血を吸われたーい。でも幽霊には血がないでありんす〜」

今度は凛音にわらわらと群がる。

凛音はそんな霊たちを容赦なく払った。手でワサワサと。

煙のように遊女の霊たちが消えて、またどこからか湧いて出てくる。

「ふーん、この辺りでは見たことない美男でありんす。わっちの好みでありんす。お前、名は？」

「オレの名は凛音。かつて茨木童子《どうじ》の四眷属の一人だった、吸血の鬼だ」

「……なーんだ。結局茨姫のものでありんすか」

吉原弁財天はつまらなそうな顔をして、やはりふぅ〜とシャボン玉を吹く。

「そのような暴力女やめて、わっちの神使になるでありんす。わっちと吉原の遊女たちが、存分に可愛がってあげる」

凛音に向かって、小さく白い手を伸ばす吉原弁財天。

しかしこの、男が無視できそうにない色香にも惑わされることなく、凛音はバシッと手を払う。

「オレに触れるな。誰が貴様のような破廉恥極まる格好をした女神ー」

「あーあー、ダメよリン。今この弁財天怒らせちゃ」

私は慌てて、凛音の口を後ろからぐっと押さえこむ。

「〜〜っ、なんだ茨姫！」

「吉原弁財天から、何としても御印をもらわなきゃいけないのよ。あんたは隣でニコニコしていてちょうだい」

「は？　はあああ？」

とりあえず凛音を黙らせ、私は吉原弁財天に手を揉《も》みながら語りかける。

「ねえ吉原弁財天、石浜神社の結界柱が壊されたのは知っているわよね。あれを修復する為に、各七福神の〝御印〟が必要なんだけど……」

「茨姫にはあげないでありんす～」

「応相談で何でもするから！」

「なら三回まわってワンと鳴くでありんす。もしくはわっちに傅《かしず》くでありんす」

「…………」

でしょうね、わかっていましたとも、そういう要求になるって。

ハラタツ顔をしてシャボン玉吹かしまくってる弁財天に、プルプル震える拳《こぶし》を今一度強く握りしめ、大きく息を吐いた。命を取られる訳でもないし、仕方がない。

私は要求通り、弁財天の前で膝《ひざ》をつこうとした。

しかし、

「待て、茨姫」

凛音が私の腕を取り、跪《ひざまず》くのを阻止。彼は静かな怒りに震えている。

「たとえ女神の前であろうとも、あなたがオレの前で、他人に膝をつくなどということはあってはならない」

「……リン」

「おい、吉原弁財天。お前の言うことなら、このオレが聞いてやろう」

凛音は首元の紐《ひも》タイを緩め、眉《まゆ》をつり上げ意味深に口角を上げる。

え、なにするつもりなのこの子……

「ちょ、ちょっとリン。私はあんたを売るつもりはないわよ！」

「うるさいぞ茨姫。御印とやらを貰《もら》わなければならないのだろう。オレはあなたの跪く姿など見たくないのだよ」

「……リン、あんた」

「さあ吉原弁財天、御印を茨姫によこせ。オレを好きにしたいならな」

この言葉を聞いた吉原弁財天は、それはそれはわかりやすくニンマリと笑い、舌なめずりをする。

「そういうことなら、御印をあげてもいいでありんす」

そして、この女神はシャボン玉をふーっと私に向かって吹きかけた。

「わっ」

それと同時に、吉原弁財天の御印がすーっと私の目前に浮かんでは、体内に溶け込んでいく。

凛音は私が御印を受け取ったのを確認し、どこか裏がありそうな笑みを浮かべた。

「無償ではないぞ、茨姫。オレがこの役目を全《まっと》うしたあかつきには、あなたの血をいただく」

「あ〜、そういうこと。いいわ、あんたにはバレンタインの義理チョコあげられなかったし、〝チョコ〟ならぬ〝血ョコ〟を……」

「グラス一杯は欲しいところだぞ」

「そりゃさすがに私の体がもたないわよ。おちょこ一杯分を数回に分けて、ならいいわ」

「……わかった」

渋々ながらも、コクン、と頷《うなず》く凛音。

さて。この場で様々な欲望と思惑がうごめいた。

しかし確かに、吉原弁財天および遊女の霊たちの対応は、凛音の方が確かかもしれない。

弁財天と遊女たちが目を光らせて、いまかいまかとご馳走《ちそう》に待ったをかけられた状態でスタンバイしている。

「凛音……頑張ってね。どんな姿で戻ってきても、あんたは私の、かわいい三男坊だから」

「は？　なにを大げさな……」

「ほーら、邪魔な女はさっさと消えるでありんす」

凛音を鼓舞していたら、吉原弁財天によって雑に神域から追い出された。ぺいって。

おかげで私は、弁天池跡の地面に転がってる。

直後、見えずともどこからか凛音の怒声と悲鳴が聞こえた気がした。

「ああ……リン」

ごめん凛音。

きっと今頃、殿方のおもてなしに飢えた大勢の遊女の幽霊たちに囲まれ、取り合いされたり、もみくちゃにされているのでしょうね。スイとかなら上手に相手できたでしょうけれど、凛音はそういうの、器用な方でも得意な方でもないから。

でも、わかってる。凛音は私の名誉のために、この場を引き受けてくれたのだ。

「リンの犠牲は、無駄にはしないわ」

さあ。私も引き続き頑張らなくては……


「真紀ちゃん、お疲れ。そっちはなんとかなった？」

「あ、由理」

吉原神社を後にし、浅草神社に戻ろうとしていた途中、国際通りにて由理と合流した。

「なんとかなったっていうか、リンが助けてくれたっていうか」

「凛音君が？」

「ていうか、あんたもなんでそんな羽根まみれなの？」

由理は笑顔だったが、ぼろぼろでしなっとしていて、自身の光る羽根があちこちにくっついていた。彼の柔らかな髪についていていた一枚を取ってあげる。そしてもったいないのでポケットに入れる。この羽根って超貴重なのよ？

「大丈夫、御印はちゃんと貰ったよ。矢先稲荷神社の福禄寿《ふくろくじゅ》様は弓の名手で、僕もまあ嗜《たしな》んでいるものだから、弓射りの的あて勝負をけしかけられてね。なんとか勝って、御印をもらえたってわけ」

「流石と言いたいところだけど、それでなぜぼろぼろに？」

「だって福禄寿様ったら、負けた腹いせに僕を的にして射落とそうとしたんだ。鳥だからって酷《ひど》いよね。もともと鵺《ぬえ》の光る羽根を矢羽根に使いたいって思ってたみたいだけど、おかげで随分と振り落としてしまった」

「ああ……あんたも大変だったみたいね」

男衆がこんなに体を張っているのに、私ときたら鷲神社の寿老人に肩揉《かたも》みしただけ。

「いつもあの方々と付き合っている大和さんは偉大だね」

「ほんとそれだわ〜」

毎度こんな風に、浅草の七福神に付き合い続けてきた浅草地下街の大和組長。

今回ばかりは私たちがその役目を担ったわけだが、彼らのわがままや無茶振り、お願い事に付き合い続ける懐の深さは、浅草一と言ってもいいかもね。

「はあ〜。疲れた。疲れたらお腹が空《す》くってもんよ。お昼も食べてないし。浅草神社に行く前に、パパッと〝安心や〟で軽く何か食べてかない？　気になってるものがあるの！」

「あ、いいね。お値段的にもおてごろだし」

「由理。あんたが値段とか気にする時がくるとは……時代が変わったわねえ」

「時代っていうか環境が変わったんだよ。言っとくけど、僕はもう叶《かのう》先生に養ってもらってるっていうか、おこづかい貰ってる身だから」

「おこづかいとかくれるの、あの人」

「普通に。今日真紀ちゃんと馨君と七福神の結界を修繕しにいくって言ったら、じゃあこれって感じで……二千円くれた」

「二千円か。絶妙にリアルなおこづかいね」

　由理は何を思ったのか、いきなりボフンと、人間の女の子に化けてしまう。

「え、どうして女の子に？」

「休日の浅草寺界隈《かいわい》なんて、同級生に出くわす可能性があるからね。真紀ちゃんと馨君が晴れてカップルになったってのに、僕と真紀ちゃんが二人でいるのは、お多感な学生たちに誤解を生むというか、噂の種になってしまうかもしれないし」

「ああ。……なんだか悪いわねえ、気を使わせちゃって」

　なんて言いつつ、女の子姿の由理があまりに可憐《かれん》で清楚《せいそ》系な美少女なので、あちこちをペタペタ触ってしまう。

「ちょっ、真紀ちゃんやめてよ、セクハラだよ！」

「いやあ、由理子ちゃん久々で……」

伝法院《でんぼういん》通りに〝安心や〟というお店がある。

浅草メンチのお店に近い場所にあるのだけれど、こちらにも有名なB級グルメのおやつが色々と売ってあってですね……

おすすめが、ウインナーをチーズを練りこんだ餅《もち》で巻いた、チリソースをかけて食べる〝餅ドッグ〟。それと、同じ安心やの〝台湾からあげ〟が最近とても人気みたいで、私もお店の前を通るたびに気になっていた。一枚肉を揚げた大きなからあげを手で持って頬張るタイプと、一口サイズのものがたくさん入ったカップタイプがあったから、カップタイプを一つ頼んで、私と由理で分け合ってつまんだ。

まるで女友達二人で浅草観光に来たみたい。

「あーこれこれ。餅ドッグのこのジャンキーさがたまんない。台湾からあげ初めて食べたけど、日本のからあげと違ってエスニックな味付けだわ。お肉ジューシ～」

「台湾の夜店にある鶏排《ジーパイ》っていうお料理らしいよ。衣がサクサクで、五香粉が効いてる。美味《おい》しいねー」

なんて、店の前にある椅子に座って、本来の目的すら忘れて二人でまったり食べていると、突然スマホに電話がかかってきた。馨からだ。

「はいもしもし」

『おい、今すぐ来てくれ真紀！　お前の力が必要だ！』

「んー」

『あ、てめ、何か食ってんな。もちゃもちゃ言ってんぞ』

なんだか馨がお困りの様子。

おやつはパパッと食べてしまって、由理とともに急いで浅草神社へと向かう。

神社自体は、いつも通り。

浅草寺と隣合わせのため、観光客で賑《にぎ》わう境内ではあるが……馨たちがいるのは、神域の方だ。

私たちがやってきたのを察知してか、気がつけば神域に招かれていたが、招かれたと同時に足元がぐらつく。

「うわあっと」

お社は巨大な鯨の背に建っている訳だが、どうやら海が荒れているのだ。

馨と、浅草神社の恵比寿様と、いまだここにいる大黒先輩が、鯨の上でお互いに身を寄せ合って、力を合わせて釣《つ》り竿《ざお》を引いているのだけれど、相当な大物がかかっているのか、今にも海に引きずり込まれてしまいそう。

元大妖怪《ようかい》と、浅草を代表する神様が二人いながら、なんという体たらく。

「なるほどね。大物を釣り上げたいけれど貧弱な男三人衆ではそれが難しいってことね」

「すぐに理解してくれてありがとう真紀さん。というわけでお願いします真紀さん！」

「オーケー馨」

必死な馨に即答し、私は腕まくりをしてから釣り竿を受け取り、踏ん張りをきかせた。

「うわ、重っ。これ何がひっかかってんのよ。スマホを捜してたんじゃないの？」

「スマホのありかを特定して、釣り竿を垂らしたらひっかかったんだ。この大物がスマホを飲み込んでるのか……どのみち釣り上げねーと！」

「そういうこと。じゃあ馨、私の腰をしっかりがっちり掴《つか》んでいてね。いくら私が豪腕でも、体重はそこらの乙女と同じくらいよ」

というわけで、馨が私をがっちりと掴み、その後ろで馨を大黒先輩が、大黒先輩を由理が、由理を恵比寿様が……

「ていうか何で由理子になってるんだ？」

「あ、忘れてた」

大黒先輩の指摘でいつもの少年姿に戻る由理。

「いっせーのーせ！」

足場は万全。私は渾身《こんしん》の力を込めて、思い切り釣り竿を引き上げた。

海水がまるっと持ち上がる激しい流水の音ののち、天高く舞い上がったのは、あまりにも巨大なシルエット。

「うわあっ、なにこれ巨大なタコ!?」

巨大タコはそのまま我々の上に落ちてきたので、馨が慌てて結界の網を頭上に張り、巨大タコだけをそのまま包み込んで捕らえた。それでも落ちてきた時の衝撃ったら凄《すご》くて、私たち海に投げ出されるかと思ったわ。

揺らぎが落ち着いたところで立ち上がり、捕らえた巨大なタコを観察する。

「ふう。なんとかなったか……？」

「あ、見てよ、吸盤にスマホ挟まってるわ」

タコの足の吸盤、スマホをはめ込むのにちょうどよい大きさだったみたい。馨がそれを引っ張って取り上げて、恵比寿様に確認してもらう。

「ああ、うん。これ私のだ。ありがとう」

「いや……どういたしまして」

こんな風に淡々と事は進み、巨大タコは海へ返してあげた。

馨は無事に、浅草神社の恵比寿様から御印を授かることになったのである。

恵比寿様が馨の額に指を当てて〝恵比寿〟の御印を与え終わると、視線を海に戻し、

「そうそう。浅草は海からほど遠いけれど、隅田川を経由して私は海の向こうの気配を探

ることができる。ここ最近、隅田川と海を往復する、無法な存在にイライラしててね」

　穏やかな波間を見つめながら、抑揚のない声で意味深なことを語る。

「……無法な存在って、もしかして」

「うん。最近、浅草を騒がせている元凶だよ」

　それらは海からやってきて、隅田川から乗り込み、石浜神社の寿老神を攻撃したと言うことだった。

「狩人《かりゅうど》たちは、隅田川を頻繁に活用してるってことか」

「確かに、強固な浅草の結界の、唯一の弱点があるとすれば、隅田川かもしれないね。あそこだけ結界の境が曖昧《あいまい》なんだ」

　馨も由理も、今までの事件と繋《つな》がる事象を確認しあい、納得する。

　敵はそういうものをしっかり理解し、今回の事件を起こしたということだろう。

第六話　浅草の七福神（下）

浅草《あさくさ》神社の御印を無事にいただいたことで、現在、九つ中五つの御印が揃っている。
浅草寺《せんそうじ》大黒天《だいこくてん》の御印。
浅草神社の恵比寿《えびす》の御印。オプションで〝夫婦円満〟の加護。
矢先稲荷《やさきいなり》神社の福禄寿の御印。
鷲《おおとり》神社の寿老人《じゅろうじん》の御印。
吉原《よしわら》神社の弁財天《べんざいてん》の御印。
石浜《いしはま》神社を除いて、残すは三つ。
待乳山聖天《まつちやましょうでん》、今戸《いまど》神社、橋場寺不動院《はしばじふどういん》である。

まず、みんなで向かったのは、待乳山聖天だ。
浅草寺界隈を出て、江戸《えど》通りを進むとスカイツリーの絶景スポット言問橋《ことといばし》が見えるのだけれど、それを右手に見ながら江戸通りを歩いて行くと出くわす、大きな聖天様だ。

ここには御本尊として大聖歓喜天《だいしようかんぎてん》と十一面観音が祀《まつ》られており、七福神は毘沙門天《びしやもんてん》が祀られている。

このお寺のユニークなところは、いたるところに〝大根〟と〝巾着《きんちやく》〟を記したものが見つけられるところ。境内にもお供え用の大根が売られていたり、毎年正月の七日には〝大根まつり〟が催されていたりする。

ここの毘沙門天様は、浅草の七福神の中では勤労なお方で、加護の御印を頂きたいと言うと、自分の作った大根を試食して欲しいという素朴な条件を出してきた。

なので、神域のお堂にて大根の漬物をいただき、塩辛いとか、食感がイマイチとか、なんか苦いとか、でも白ご飯があるとよく合うとか好き勝手言って、ついでに大根まつりで振舞われるようなふろふき大根もご馳走《ちそう》になった。

ありがたい大根をたくさん食べたので、体も心も満たされ、清らかに。

ごちそうさまでした。


ここからまた、二手に分かれて行動することになる。

私と馨《かおる》が今戸神社へ。

由理《ゆり》と大黒先輩が橋場寺不動院へ。

なぜかというと、どちらもなかなか曲者《くせもの》で、手間も時間もかかりそうだからだ……

私と馨は心して今戸神社へと向かい、境内に足を踏み入れた。

境内の中央に巨大なイチョウの木があり、その幹を囲む絵馬掛け処には、ツインで並んだ招き猫が描かれた絵馬が、ぎっしり吊《つ》り下げられている。

縁結びの神社ということで、女の子たちの恋の願いが多いみたい。

また二匹並んだ招き猫が象徴になっており、お社には今戸焼きの招き猫が並び、招き猫グッズも多数売られている。さらには、あの新撰組《しんせんぐみ》の沖田《おきた》総司《そうし》終焉《しゅうえん》の地としても有名。

いろいろとネタ満載で、恋の悩みを持った若い女性や、新撰組のファンなどの観光客で賑わう神社だ。

ご本尊は應神天皇《おうじんてんのう》、伊弉諾尊《いざなぎのみこと》、伊弉冉尊《いざなみのみこと》。

そして浅草の七福神として、矢先稲荷神社と同じく福禄寿《ふくろくじゅ》様が鎮座する。

「あ、福禄寿様だ……」

福禄寿様は竹刀《しない》を持ち、境内であまり上手《うま》くない素振りをしていた。

私たちに気がつくと、朗らかな笑顔のまま手を振る。

「やあ鬼夫婦。でも福禄寿様より、沖田君って呼んでほしいにゃー」

「…………」

ここの福禄寿様は、一般的なおじいさんの姿ではなく、常に柔和な笑顔の童顔な青年で、なぜかいつも新撰組の羽織を纏《まと》い、沖田総司風の格好をしているのよね。

決して、本人でもその霊でもないんだけど。

「今更だけど、なんで沖田総司風のコスプレしてるの？」

「そりゃあ、ここが沖田君終焉の地だから」

「それは知ってるぞ。ただなんで福禄寿様が新撰組のコスプレする必要があるのかという。あと語尾が腹立つ。キャラ設定をぶち込みすぎていて」

「そ、それは……だってそっちの方が個性が立つかにゃーって。浅草の七福神、福禄寿が二柱いるし。参拝客の女の子受けもきっといいにゃ～」

私と馨は横目に見合う。参拝客の女の子、あなたが見えてる人なんて殆《ほとん》どいないでしょ、みたいな。

まあでも、浅草の七福神には、確かに寿老人（寿老神）と福禄寿が二柱ずついるから、わかりやすい個性的な姿をしてくれるのは、見えている私たちからすればありがたい。

被《かぶ》ってる神様たちは常にそれを気にしているし、いがみ合ったりするし、個性的なキャラ作りに必死だ。

「あ……猫」

ふと気がつくと、福禄寿様の足元に、白とブチの二匹の猫が可愛らしく擦り寄っていた。

猫といっても、今戸焼きの猫人形で、なぜ動いているのかもよくわからないが、神様がらみの超常現象であればよくあること、ということで。

「福禄寿様、私たちがここへ来た理由はもうわかっているわよね」

「もちろん。朝からあちこち動き回ってるみたいだにゃ〜、茨姫《いばらひめ》も酒呑童子《しゅてんどうじ》君も。この子たちが情報を拾ってきてくれたにゃ」

この子たち、とは二匹の猫のこと。なるほど。優秀な情報収集係ってわけ。

「御印が欲しいんだよね。要件はわかっているけれど、こちらにも条件があるにゃ〜」

「それは一体なんだ？」

馨の問いに、今戸の福禄寿様は新撰組の浅葱色《あさぎいろ》の羽織を翻し、私たちに付いてくるように言う。彼の背に付いて歩いていると、ふわりと空気の変わり目を感じ、神域に招かれた。

「さて、僕からの要件は、縁結びの神社らしく、君たち夫婦の両思い度をチェックしたいってところかにゃー」

「は？」

その気恥ずかしいフレーズに、なぜか顔を赤くする私と馨。

「だけどいちゃいちゃしてるだけの愛じゃダメにゃー。僕が見たいのは、夫婦の本気の決闘。妻と夫の、狂気の愛。単純にどちらが強いのか見てみたいってのもあるにゃー」

「は、はあああ⁉」

どこが両思いチェック？　修羅場チェックでは？

「普通、沖田総司の格好してるんだったらさ、あなたがチャンバラしたがるところじゃないの福禄寿様。剣の達人らしく。私が手合わせしてもいいのよ」

「い、いやーっ、これただのコスプレ！　コスプレだから僕はそんなに強くない。戦い系の神様じゃないしっ」

焦って語尾のにゃーを忘れてる。

この神様が言うことには、ここで私と馨が決闘して、勝った方に御印をくれるそうだ。結果的にはどちらが勝とうが負けようが、御印はくれるということ。

だがしかし……だがしかし、こいつには負けたくないっ！

馨も私も、お互いに絶対負けたくないオーラを燃やして相対。

睨《にら》み合ってゴゴゴゴゴー……

「わざと負けるのは禁止だからね。神様そういうのわかるから」

「福禄寿様、さっきから語尾のにゃーを忘れてるぞ」

「……えっと、にゃー」

馨にやっと指摘され、思い出したように語尾ににゃーをつける福禄寿様。

そして神域にもある巨大なイチョウの木の根元に座り込み、二匹の猫と一緒にすっかり傍観のスタイル。どこからともなく酒と猫缶を用意し、待乳山聖天の毘沙門天様にお土産でもらった大根の漬物を肴《さかな》にしている。

「はい。お互いに竹刀を持ったね。頭にのせた皿を割った方が勝ちだにゃー」

そう。私たちは今、手鞠河童《てまりかっぱ》みたいに頭に皿を載せたスタイル。

手には竹刀を持ち、私も馨もすっかりやる気モードでブンブン素振りして具合を確かめている。

「剣技はかつての酒呑童子から教わったものだけど、今の私は浅草最強……刀を持たなくなって久しいあんたには負けないわ、馨」

「ぬかせ。お前が持ってるのは基本的に釘《くぎ》バットだろうが。そもそもお前の繊細さにかける攻撃なんざ、簡単に見切ってやる」

「お、いい感じに闘争心むき出しだにゃー。夫婦であっても、普段お互いに溜《た》め込んだ不満はあるというもの。全部ぶつけるがよろしいにゃー。ではでは、はっけよーい……」

「「のこった‼」」

掛け声これじゃないけど、私たちであればこれでよし。

のこったを言い切った時にはすでにお互い竹刀をぶつけ合い、鋭く睨み合っていた。

霊力がばちばちと迸《ほとばし》り、お互いを威嚇し合っている。

「うっわ。風圧凄《すご》いっ……愛し合う夫婦の手合わせってレベルじゃないにゃ〜っ。やはりお互いに積もり積もったものが……っ、これは死闘にゃー」

ただの竹刀だと一瞬で燃えかすになったでしょうけれど、お互いに霊力でコーティングしているので、もはやこれは殺傷能力のない武器とは言えないわね。

相手は馨。

馨は剣と結界術の使い手だ。攻守の両方を、高い水準で兼ね備えたオールラウンダー。

特に警戒すべきは結界術。背後や足元には要注意。

だけど勝機はあるわ。霊力値で言うならば私の方が馨より上だもの。燃料も馬力も私の方が上であれば、馨が何かを仕掛ける前に、力で押し切ることができる。

さあ、盛大な夫婦喧嘩《げんか》を始めましょう！

「どりゃあっ！」

私が特別力をぶち込んで竹刀を振り落とすと、その霊力波で周囲の木とか草が吹っ飛んだ。神域だというのにとんだ破壊行動。

だけど、馨はしっかりと受け止めているのよね。足元地割れがおきて窪《くぼ》んでるけど。

「……っ、重。てめえ俺を殺す気か！」

「馨、本気を出しなさい。あんたこんなもんじゃないでしょう！」

打って、打って、打って、馨を力でのす。攻撃は最大の防御！

押されているように見える馨だが、頭の上の皿はちゃっかりしっかり守ってやがる。

ていうか薄くバリアみたいなの張ってる……っ！

「酷《ひど》い、セコい！」

「言いがかりはよせ。得意分野を活用しているだけだ」

馨がスカした顔をして、さりげなく指をパチンと鳴らす。

結界術かと周囲を警戒した。奴の仕掛けた術にかからないよう、馨の霊力の流れを読むのだ。

ほら。足元に地雷のごとく埋め込まれている結界術の種があるでしょう。

馨お得意の技じゃない。あれを踏んだら発動して、落とし穴になってたり、小規模な結界の檻《おり》に閉じ込められたり、縛られたりするのでしょう？　その手には乗らないわよ！

しかし、

「……えいっ！」

バチン。

私が馨の霊力や術を気にしている最中、気がつけば私の頭上の皿が馨の竹刀によって叩《たた》き割られていた。

「……は？」

は？　は？　は？

私、立ちすくんでポカーン顔で馨を見上げる。頭、ちょっとだけじんじんする。痛い。

「バーカ。お前が俺の霊力を警戒するのはわかってたんだよ。だから俺はわざと囮《おとり》になるような術をあちこちに仕掛けて、竹刀の霊力を解いた。お前が周りを気にしている間に、無霊力の竹刀がお前の皿を普通に割ったんだよ」

「……え。えええええええっ‼」

体の力が抜けてへなへなとその場にしゃがみ込む。なにそれ、そんなのあり？

いや、しかしこれは、私が馨を知りすぎているからこその隙だ。

馨はそのことをしっかりわかっていて、私がどう動くかを読んだ後に、この作戦を思いついたのだろう。

「ううう……悔しいよう悔しいようっ」

地面を叩く私。叩く私。

「真紀《まき》……ほら。そんな泣くほどのことじゃないだろうが」

悔しがる私に、手を伸ばす馨。

勝ち誇った余裕の顔が憎らしい。だけど、あ……あわわ。

さっきまであんなに悔しい思いばかりだったのに……なんかかっこいい。

馨かっこいい。私を見下ろすその視線にしびれる。

すっかり元旦那《だんな》のせこ技……もとい知略を張り巡らせた罠《わな》と技に惚《ほ》れ直した私は、頬を

ぽっぽと熱くさせながら、馨の手を取った。

「いやー、どうなるかと思ったにゃ〜。茨姫が暴れた時は、今戸神社どころか浅草全滅の危機だったにゃ。最後はあっけなかったけど」

「福禄寿様が夫婦で戦えって言ったんだろうが。俺は危うく真紀の霊圧にぺしゃんこにさ

れるところだったぞ」

「まああいいじゃない馨。たまにはあんたと戦うのも悪くないわ」

　馨をなだめつつ、私は続けた。

「なんだかんだ、私はあんたに勝てたことがないのよねえ。さすがは私のことを知り尽くした旦那様だわ。全力で私の力を受け止めてくれたり、翻弄《ほんろう》してくれたり、ここ最近負け知らずだったから新鮮だったかも。うーんっ、惚れ直しちゃった」

「…………はっけよーい」

「のこった！」

　今一度、私の猛烈な突進……という名のハグを受け止める馨。

「はいはい。見せつけないでくれるかにゃ〜？　じゃあ酒呑童子君、見事勝利した君に御印を授けるにゃー」

「……あ、そういえば」

　忘れかけてたけど、御印を集めて回っている途中だった。

　ドタバタとした中、馨は無事に、今戸の福禄寿様より御印をいただいたのだった。

「ついでといっちゃなんだけど、家内安全と夫婦円満の加護もオプションでつけておいたにゃ。今戸神社は僕だけでなく、伊弉諾尊と伊弉冉尊の夫婦神も祀《まつ》っている。夫婦仲にもご利益があるとされているにゃ」

「家内安全……夫婦円満⁉」

「いーなー、馨。加護なんてそうそう貰《もら》えないわよ！」

「いやいや、家内安全や夫婦円満って加護ならお前のことも含まれてるから。なにを羨《うらや》ましがっているんだか」

私たちが相変わらず夫婦漫才をしているのを、今戸神社の福禄寿様はほのぼの眺めて、最後にこう言った。

「夫婦喧嘩でもしたらまたここにおいで。そしてまたお互いのもやもやでもぶつけ合うといいにゃ〜」

そうね。私たちが家でぶつかりあったらのばら荘はおろか浅草が大変なことになるし、仲介に立つ神と、喧嘩《けんか》できる場所があるのはありがたい。

今後喧嘩することがあれば、今戸神社の福禄寿様を頼りにしましょう。

今戸神社を出て、

「おーい、真紀ちゃん、馨君」

ちょうど橋場寺不動院の出入り口あたりで、由理と大黒先輩と合流。

「どう、不動院の布袋尊《ほていそん》様から加護の御印もらえた？」

「うん。ちょっと手こずったけど、大黒先輩がいたから説得してもらったよ。討論会になったけど、大黒先輩の熱苦しい物言いに、最後は布袋様が屈した感じ」

「へ、へえ……」

橋場寺不動院とは、江戸の下町にひっそりと存在する小さなお寺だ。大通りから細道を入っていくと見つけられるお寺なので、下手したら見逃してしまいそうだ。

建物の間に細くまっすぐ石畳の道があり、その先にはちらりとお寺が見える。

その屋根の上で静かに微笑みこちらを見ているのは、ふくよかな姿をした七福神の布袋様。手を振っていたので、私も手を振り返した。

「さあ、最後だ。七福神の御印は揃ったから、結界の破られた石浜神社へ向かおう」

「ええ。そろそろ暗くなってきたわ。急がなきゃね……」

黄昏時《たそがれ》。逢魔《おうま》が時。

そういう時こそ、結界のほつれから禍々《まがまが》しいものが忍び込んでくるのだから。


石浜神社。

ご祭神は天照大御神《あまてらすおおみかみ》、豊受大御神《とようけのおおみかみ》、そして浅草名所《などころ》七福神の一柱、寿老神である。

そこは浅草というよりはほぼ南千住《みなみせんじゅ》に位置する、隅田川《すみだがわ》沿いの綺麗《きれい》な神社だ。

開放感のある立地で、顔をあげれば空を広々と見渡すことができる。周囲に高い建物が無いからでしょうね。今までの浅草の寺社とはまた違う印象だ。

隣に丸いガスタンクが見えるのも特徴。

表向きは静かで居心地の良い神社なのだが……かつてここにいた七福神・寿老神の気配はなく、その姿を見つけることはできない。

「やはり、寿老神は消失しているな……」

大黒先輩が寂しげにぼやき、肩を落としていた。

馨の力で神域を開き、現実世界より身を投じる。すると、

「……ああ、これは」

神域は茶色の空に覆われ、荒廃した大地がどこまでも続いていた。いつかの時代に忘れ去られたような、古く傾いた鳥居だけが、ポツンとある。

鳥居の向こう側には、結界の柱となっていたはずの崩れた石塚が。

張られていたはずの注連縄《しめなわ》やお札もボロボロと散乱しており、何者かがこの石塚を壊したのだとわかる。

私は石塚に埋もれていた灰色の玉に気がつき、引っ張り出した。

本来はたっぷり神力が宿っていて、キラキラしていてとても綺麗な玉なのにと、由理がため息をつく。

「うん、でもよかった。壊れてはないみたい。これが結界の心臓になるから、集めた御印

をみんなから抽出して、この玉に貼り付けていけばいいよ。九つの寺社と七福神の〝名〟が、神力供給源となるから」

「なら、その作業は由理に任せる。俺は石塚を組み直すか……」

馨はテキパキと霊紙を利用し石塚の設計図を描いて、

「いいか、デカイ石からこう、こう組んで、最後に御印を貼った玉をちょんとのせて、注連縄をかける。わかったか？」

「おっけー」

馨の指示に従い、私たちはまず石塚を組み直す。

崩れた石塚の石を、最も力持ちの私が持ち上げては開けた場所に並べて、馨がそれぞれに番号をふって、その順番通りに組み上げていくの。

馨の設計図があったので、そう難しくはないけれど……

「石を自力で持ち運べるのが私だけって情けない話よね。普通男の仕事だと思うんだけど」

「もうお前レベルになると男も女もないんだ。ただの真紀さんなんだ……」

「また訳のわからないことを言ってるわね、馨」

しかし仕方がない。適材適所。

馨は指揮官だし、由理は七福神の御印を抽出して玉に貼り込めているし、大黒先輩は注連縄を作っているし、私は石材を運んでいる……

「ふう。組み上がったわ」

石塚が出来上がり、上にちょこんと、一番大切な玉をのっけた。

あとは大黒先輩特製の注連縄を張り巡らせて、完成。

一度壊された石塚だが、玉はぼんやりと淡く光を抱き始めた。

「ちょっと時間はかかるが、結界の再稼働まで約一時間ってところか。結界の修復が終われば、じきに神域も元に戻り、寿老神も顕現できるだろうよ」

ふあああ、と馨があくびをしている。それにつられて、私もあくび。

別にあくびなんてしない由理が、おもむろにスマホを取り出した。

「うわっ、いっぱいメッセージきてる」

何やら渋い顔をしていたので、私は彼のスマホを覗《のぞ》き込む。

叶《かのう》：いつ帰ってきますか。遅いので心配しています。

これは叶先生から直接。

なにこれ保護者？

そして〝安倍晴明《あべのせいめい》特殊式神部隊〟という謎グループより、

玄武《げんぶ》：おい鵺《ぬえ》！　夕飯までに帰ってこられないなら連絡を入れろっつっただろうが！

葛《くず》の葉《は》：帰りに浅草シルクプリン買ってきてください。

朱雀《すざく》：満願堂の芋きんも買ってきてください。

青龍《せいりゅう》：隅田川の水を持って帰ってください。

白虎《びゃっこ》：アイスがありますけど、鵺さんはほうじ茶ラテ味でいいですか？

などという、ブチ切れ、パシリ、ほのかな気遣いが見えるメッセージが……

私と馨は無言だったが、大黒先輩は前向きに捉《とら》えて由理の背をバンバンと叩《たた》く。

「お、新しい宿り木でも上手《うま》くやっているみたいじゃないか、由理彦《ゆりひこ》！　あっぱれだ！」

「大黒先輩くらいポジティブにそう思えればいいんですけどね……なんていうか、転職した先でまだお互いの距離感がわからず、妙に気遣われる新入社員みたいです」

由理はものすごく頭を悩ませながら、返事を打っていた。

まあでも、これはこれで、仲良くなる第一歩ということでいいのかな……

なんとなく、由理を受け入れてあげようという空気も感じるし。

由理はもうちょっとドライな関係を望んでいるのかもしれないけれど、叶先生の式神である以上は、彼らとちゃんと〝仲間〟にならなくちゃいけないのでしょうからね。

私としては由理が横取りされたみたいで、少し複雑なんだけど……

「……おい」

そんな時だ。

馨が妙な顔をして空を仰いでいると思ったら、おもむろに目を押さえ、

「何か、隅田川の河川敷にいるぞ。……手鞠河童たちが逃げ惑っている」

「!?」

まさか……。私たちは顔を見合わせ、頷《うなず》き合った。

結界の稼働までもう少し時間がかかるので、大黒先輩にここの見張りを頼み、一度外界に出る。

あたりはすっかり暗くなっていた。

石浜神社のすぐ側にある隅田川の河川敷では、妙な格好をした男が二人、不審な行動をしていた。

夜風に吹かれてなびく黒いローブ姿で、深くフードをかぶっている。

口にも黒いマスクをつけている為、顔はほとんど見えない。

ここらでは見かけない、妙な格好だ。

「わ、人に見られたぞ」

「もしかして同業者？」

やはり、人間だ。

しかし今まで出会ってきた一般の人間たちとは極めて異質で、数多くのあやかしを傷つけてきた、そんな血の匂いがする。

陰陽局《おんみようきよく》の退魔師と同じようで、何かが少し違う。そんな匂い。

「なんだあいつら。死神みたいな格好して」

「いや、あれが……狩人《かりゆうど》だ」

「由理、知ってるの？」

「叶先生に見せてもらった資料で、こういう格好をした奴らを見たよ。狩人にも色々いるけれど、特に異国の人外商会に雇われてるのが、こういう輩《やから》だったと思う」

由理の瞳《ひとみ》の色が、深く静かに沈んでいく。

よくよく見ると、奴らはサンタクロースのごとき巨大な袋を背負っていて、その中で何かがうごめいている。

聞こえてくるのは「お助けでしゅ〜」「ぎゅーぎゅーで苦しいでしゅ〜」「圧死寸前でしゅ」という、手鞠河童たちの悲鳴。そう……手鞠河童が捕らわれているのね。

「ちょっと。ここの手鞠河童は捕獲禁止のはずよ」

私が淡々と声をかけると、黒ローブの二人はコソコソとして……

「おい、あの女……手鞠河童の存在を知っているぞ。見えるやつだ！」

「浅草地下街って輩じゃない。時々ちょっかい出しては、俺たちの邪魔をするよね。この前も別のチームが浅草地下街に獲物を取られたって言ってたし」

口調の感じからして、二人とも若者のように思えるが、声はマスク越しに男女どちらのものかわからないよう変換されている。

そういう術がかかった装束なのだろう。

「ま、いいや」

奴らは長いローブの袖《そで》から、シュッと細長い杖《つえ》を取り出し、片手で握った。

ただの杖ではないわね。

「わあ、嫌な感じがするね……あれ」

「由理、あんたは下がってなさい」

あれは、あやかしを苦しめる呪詛《じゅそ》のかけられた凶器だ。

前に、人狼《じんろう》ルー・ガルーを苦しめていた杭《くい》に近い。

ところどころ呪詛の文字が淡く光って浮かび上がっている。この国のものと、異国のものとが交わった呪詛で馴染《なじ》みはない。私や馨にはなんてことなくても、由理にはキツいでしょうね、これ。

「浅草地下街の連中なら、連れて帰って人質にできるかも」

「お。それ妙案じゃん。ボスもお喜びになる。ぎゃはは。――じゃ、さっそくやっちまいますかーっと」

二人のうち一人が、おそらく最も弱いと判断した私に向かって無駄なほど飛び上がり、その勢いをもって呪杖《じゅじょう》を振り落とす。

「!?」

しかし私はその場から逃げることも避けることもせず、ただ両足を踏ん張り、真正面から呪杖をこの手で掴《つか》んだ。キツく、鋭く、その相手を睨《にら》みつけたまま。

呪詛の効果は無くとも杖は異常に熱く、掌《てのひら》が焼けてしまいそうだったが、気にしない。

「……まあ、つっこみどころ満載で、色々言いたいことはあるけれど、まずは背負ったそれを返してもらいましょうか」

そしてそのまま、

「——っ!?」

呪杖ごと敵を持ち上げて、地面に向かって半円を描いて背負い投げ。

敵は激しく地面に叩きつけられて、

「か……っ、げほっ、げほ」

伏せたまま咳《せ》き込み、動けずにいる。その間に、私は敵の得物を奪う。

「体に響くでしょう。力の加減もできなかったし、背骨折れてなきゃいいわねえ」

敵が背負っていた手鞠河童が詰め込まれた袋なんだけど、私が背負い投げした時に一度宙に舞って、そのまま後ろに控えていた由理がキャッチした。

彼が袋にかかっていた術を解いてあげると、中からわらわらと手鞠河童たちが出てきて、でも相当怖い思いをしたのか由理の足元で固まって震えている。

「な、なんだてめ……っ」

地面に叩きつけられ、いまだ動けずにいる黒ローブの男が、動揺を隠しきれないまま私を見上げている。

「あら、喋《しゃべ》れるの？　でも『なんだてめえ』って、それは私のセリフなんだけど」

乱れて赤く染まる髪を整えることもなく、風に揺れるその隙間から、私は……静かに敵を睨み下ろしていた。

「お前こそ誰だ。私の大切な……大切な浅草の秩序を乱す、不届き者め」

笑顔は一つもなく、あやかしを狩る人間への、純粋な怒りだけが私の奥から込み上げてくる。

人狼のルーのこと、人魚のレイナのこと、そして手鞠河童たちや石浜神社の寿老神のこと……

敵から奪った呪杖にヒビが入るほど強く握って、その先端を倒れたこいつの喉元《のどもと》に突きつけた。

「ムギ！」

「……おっと」

もう一人が助けに駆けつけようとしたが、馨が結界術で敵の片足を地面につなぎとめ、動けないようにしたみたい。

「逃がすかよ。現行犯逮捕で、お前たちはこのまま陰陽局行きだ。密猟者どもめ」

敵は呪文を唱え、術の解除を試みたようだが、馨の結界術に敵《かな》うはずもなく。

一方、私の足元で伏せていた男は、力の入らない体を無理やり起こそうとしては崩れ、起こそうとしては崩れ……何度もそれを試みていた。

「ちきしょう……っ、ふざけんな！　浅草地下街ごときに……っ、こんな奴らがいるなんて聞いてないぞ。まさか陰陽局の術師か……っ」

ブツブツ何か言いながら、やはり起き上がれないでいるので、私はそいつの胸ぐらを掴んで引き寄せた。

「知らないの……？　浅草には、鬼がいるのよ」

ねえ、今、私はどんな顔をしている？

人間の少女らしからぬ鬼の微笑みが、すっかり恐怖の色に染まる、あなたの瞳に映り込んでいるけれど。

「前に捕らえたあやかしから、聞いたことがある」

「…………」

「浅草に、偉大な鬼の生まれ変わりが、いるって。狩人はそのお方に、必ず制裁を下されるだろうって」

「…………」

「あやかしの戯言《たわごと》だと思っていた。だけど、お前、まさか……っ」

男が私の視線に促され、何かを思い出し、震える声を絞り出していた。

その時だった。

「ライイイイイイイイイイ――――ィイイッ!!」

馨に拘束されていたもう一方の狩人が、状況を切り抜けるのが厳しいと判断したのか。

突如、悲鳴に近いほどの渾身《こんしん》の大声で叫んだ。

何かを……呼んだ？

「……ライ？」

最初は緩く、しかし徐々に強く空気が震えた。

顔をあげると、空から一直線にここまで落ちてくる、雷のごとき光があった。

なに、あれ。

「真紀っ！」

あれのマズさを真っ先に感じ取った馨が、急いで私を抱き、その場から退避させる。

直後、この場に到達した光……それは、呪詛を帯びた刀を大地に突き刺し、膝《ひざ》をつく一人の狩人。

奴らを象徴する黒いローブ姿ではあったが、今までの二人とは何かが違う、異様な雰囲気がある。

わかる。ただならぬ霊力の持ち主だ。

「ライ」

「助けに来てくれたのか」

「…………」

ライと呼ばれたその者は、何も答えなかった。

紫電と呪詛を纏《まと》う刀で馨に拘束されていた片方の結界を切り、動けないもう一人を抱え、再び稲光のごとき俊足で、その場から逃げきったのだった。

「おい、待て！」

馨が彼らを追おうとしたが、由理に「待って」と止められる。

「追わないほうがいい。あれは……少なくとも後から現れたあの狩人は、少し厄介そうだよ。あやかしでも神でもないけど、ただの人とも思えない霊力だった。正体が不明である以上、今は深追いするべき時じゃない」

「……由理、でも！」

「大丈夫。もう浅草から出て行ったみたいだし、叶先生の四神が追っている。最優先すべきは、奴らが再びここに入ってこられないよう、結界柱の修復をすること。幸いここに現れてくれたし、馨君ならば今後、霊力の匂いをマークすることができる。そうでしょう?」

馨は複雑な面持ちだったが、由理がそういうのならと踏みとどまる。

あと少しで捕らえられたのだから、悔しい気持ちも分かるけれど、本当に一瞬で消えてしまった。私たちでは、追いかけることはできそうにない。

「あいつらが…… 〝狩人〟」

私は、先ほどこの場に落ちてきた、一筋の雷光を思い出していた。

緊迫した中で、なんだか、懐かしい匂いがした気がしたの。

だけどそれを、なぜ懐かしいと思ったのか、わからない。思い出せない。

時々ある。こういう、デジャブのような感覚。

そういえば、叶先生が言っていた。私に、とても大きな出会いがあるって。

どうして今、その言葉を思い出したのか。

それもわからなくて、ただただ胸騒ぎがする――

「やったでしゅやったでしゅーっ!」

「茨木童子《いばらきどうじ》しゃまたちが悪者をやっつけたでしゅ~」

「さすがは浅草の水戸黄門《みとこうもん》でしゅ!」

自分たちを攫《さら》おうとした狩人を追い払ったので、さっきまでガタガタ震えていた手鞠河童たちが飛び跳ねて喜んでいる。

「ていうかあんたたち、悪い奴らがうろついてるの知ってたんだから、軽率に出て来ちゃダメよ！」

「あー。だってきゅうりの匂いがしたんでしゅ」

「手鞠河童捕獲用の、かっぱホイホイを開発されてるでしゅ～」

ねえ、ねえとお互いに顔を見合わせる、反省しない手鞠河童たち。

かっぱホイホイとは、なんておそろしいものを。

きゅうりの匂いを放っておけないのは河童の性《さが》なので、これぱかりは何を言ってもどうにもならなそう……

「じゃあ誘惑に負けないように、鋼のような強い心を持ちなさい」

「はーい！　でしゅ～」

「本当にわかってんだろうな、こいつら」

半ば諦《あきら》めつつ、こうなったらやはり結界を強めるしかないだろうと、石浜神社の神域へと戻る。すると……

「ぎゃわわ、ぎゃわわわーん」

「!?」

奇妙な子供の泣き声に、まず驚いた。

どこから聞こえてくるのかとキョロキョロしていたら、新しく組み直した石塚の下で、あぐらをかいて赤子をあやす大黒先輩が。

「どうしたのこの赤ちゃん⁉」

「まさか、大黒先輩にお子さんがいたとは……」

「違うぞ。断じて」

大黒先輩に抱っこされた赤ちゃんは、おしゃぶりポーズのまま「ここはどこ～、わしは誰～」と混乱してばかり。喋れるあたり普通の赤ん坊ではない。

「何を隠そう、この赤子こそ、石浜神社の寿老神だ」

「えっ⁉」

驚いて固まる私たちの前で、大黒先輩が赤子の手を取ってフリフリさせている。

これが、石浜神社の寿老神……？

「まさか、一度生まれ変わったみたいになっちゃったのかな。記憶も曖昧《あいまい》みたいだ」

由理ですら、その姿の神様に困惑中。

大黒先輩は「神様にはよくあることだ」と言うけどさ。

「こいつは〝赤ちゃん寿老神〟だな。わっはっは」

「赤ちゃん寿老神ってのも突っ込みどころ満載のパワーワードだが、ちゃんと顕現したのなら、結界柱の修復は成功して力を取り戻したってことだろう」

馨は、稼働を始めた結界の確認をした。神域の荒廃していた大地も濁った空の色も、結界柱を中心に美しく蘇《よみがえ》り始めている。

また、さっきまで隠れていた石浜神社の眷属《けんぞく》たちも、寿老神の声を聞きつけて出てきた。

眷属たちは再び現れた寿老神に涙しながら、その子をあやす大黒先輩ごと拝んでいる。

「ようしようし。この俺大黒天が七福神のリーダーとして、熱い男に再教育してやろう」

「う、うわあ……」

大黒先輩の熱気に感化され、強くたくましく、暑くるしく育って欲しいものだ。

これで、一件落着……と言ってもいいのかしら。


もうすっかり日も暮れて、私たちは一日中浅草を移動していたこともあり、クタクタになって浅草寺方面へと戻っていた。

ちょうど浅草寺につく頃、大黒先輩が思い出したと言うように、ポンと拳《こぶし》を手のひらに打ち付ける。

「そうだ！　お前たち。後回しにしていた俺の願いを、聞いてくれるか！」

「えっ、今から⁉」

私も、馨も由理もくたくた。大黒先輩だけが元気。

私たちは揃って大黒先輩のお願いとやらに身構える。

「なあに、話を聞いてくれるだけでいい。……俺の願いは、大和《やまと》のことだ」

「……組長のこと？」

「ああ。あいつについて、お前たちに言っておかなければならないことがある」

落ち着いた口調で、大黒先輩は続けた。

「大和は、浅草地下街を創立し、ずっと受け継いできた術師の名門・灰島《はいじま》家に生まれておきながら、極端に低い霊力値である。そのことは、お前たちも知っているな」

「そりゃ……普段から組長も自虐してるしね」

自分には力がない、と。

でも、他の部分で努力して、人間力というものだけで浅草のあやかしをまとめているのだから、私はそれを、とても凄《すご》いことだと思っている。

「だがな、実のところ大和は、幼い頃まで灰島家の歴代をはるかに上回るほどの霊力を持っていた。霊力値で言えば、それこそあの津場木茜《つばきあかね》に匹敵するほどの」

「えっ、それほんと⁉」

「しかし、だ」

大黒先輩は、らしくない切なげな目をして、夜の浅草のネオンを見つめる。

「そのせいで随分と悪夢に苦しんでいた。強すぎる霊力をコントロールすることができず、自らの母に深手を負わせたこともあった。だから俺は、大和が大人になり、その大きな霊力が必要になるまで、あいつを苦しめる多くのことを忘れさせ、その力を封じる術をかけた。それがまた、あいつを苦しめることになったが……」

「………」

「でも、大和とは俺が思っていた以上に凄い男で、力がないと思い込んだからこそ、弱きものたちに寄り添う強さを身につけた。それは、浅草地下街あやかし労働組合という組織にとって、無くてはならない尊いものだと俺は思う。浅草に住んでもいないような、分家の連中はとやかく言ってるみたいだけどな」

それは、以前浅草地下街で見た、分家との衝突の話だろう。

組長は力がないことを散々貶《けな》されていたし、浅草のあやかし労働組合のトップという座を降ろされそうになっていた。

大黒先輩も、やっぱり知ってるんだ。

「人間とあやかしの間に立って、どちらの事情も汲《く》みながら動くというのは、非常に難しいことです。大和さんは上手《うま》くやっています」

「ああ、その難しさは、お前が一番理解してあげられるかもな、由理彦」

「大和さんは浅草のあやかしに愛されている。みんなあの人が、身を粉にして頑張っている姿を知っているから、大和さん自身が好きなんだ」

「そうだ、馨。お前からその言葉を聞けて、俺は嬉《うれ》しいよ」

大黒先輩は、風神雷神が守護する、赤く燃えるような巨大な提灯《ちょうちん》の下がる、浅草寺の総門・雷門《かみなりもん》へゆっくりと歩みながら、

「お前たちには、これからも大和の力になってあげてほしい。それが俺の願いであり、浅草名所《などころ》七福神の願いだ」

振り返りながら、威厳のある口調で私たちに告げる。

そして、どこからか打ち出の小槌《こづち》を取り出して、それを掲げた。

「よって俺からも、お前たちに加護を与えようと思う。加護は〝所願成就〟」

振り落とされた打ち出の小槌は、何もない宙を打ち付け、高らかな音を奏でる。空気を流れて迫る大黒先輩の神力が、私たちの内側へと染みる。

「これ……どうしたらいいの？　何に役立つの？」

加護をもらったと言っても、使い方もわからない。

私たちが戸惑っていたら、

「わっはっは。まあそう警戒するな。強く願ったことがあれば、その願いを後押ししてくれる加護となる良いものだ。今回、俺がお前たちに与えた加護は、いずれ大和にも必要となるものだ。時がくれば、お前たちさえ側にいれば、大和の力は再び解放される。大和は様々なことを思い出すだろうが……そんなあいつを、お前たちは受け入れてくれ」

「……先輩？」

まだ何か大きなことを隠されているような気もする。

ただ大黒先輩の表情からは、組長が可愛くて可愛くて仕方がないという、過保護な一面が伺える。

大黒先輩は雷門を通ってしまうと、その姿をふと消してしまった。

大黒天の鎮座する、影向堂《ようごうどう》にお戻りになったのだろう。

しかし組長も侮れない。ここまであやかしや神に愛される人間というのも稀有《けう》で、それは他の何にも代えがたい才能だろうから。

組長をバカにする人たちは、そのことを理解しているのだろうか。


翌日、結界修復の件を報告しようと浅草地下街を訪れたが、組長とは会えなかった。

石浜《いしはま》神社の側の河川敷で、手鞠河童を捕えようとしていた狩人に遭遇したこと。

無事に手鞠河童を救出し、結界を修復したこと。

これらの事情を浅草地下街の事務所で待機していた組合員に話して終わりとなった。

組長はどうやら少しの間、浅草を離れなければならない案件があったみたい。それで私たちに、浅草七福神の結界の件を頼んだということだが、組長たちが今何をしているのか、その詳しい内容は何も教えてもらえなかった。

敵も見えてきたし、きな臭いことばかり。

組長も、無茶をしていなければいいけれど。

第七話　おわりのホワイトデー

いよいよ咲き始めたのだなと、隅田川《すみだがわ》の桜の木を見上げた。

そんな、三月中旬。

数日前より、馨にホワイトデーのお返しは何がいいだろうかとさりげなく聞かれていて、ちょうどお米がなくなりそうだったので、お米がいいと言い続けていた。

「ほら出た。そんな所帯染みた願望。俺たち一応付き合い始めたんだけど」

「だってホワイトデーよ。今一番欲しい白い食べ物＝白米だもの。そんでもって新潟産こしひかりがいい～」

「…………」

馨《かおる》は何か言いたげな複雑な顔をしていたが、結局休日に連れ立ってお米を買いに行った。

いつもなら最安値のものを買うところ、今回は私の要望通り、新潟産こしひかり。

新潟産こしひかり……っ‼

というわけで、今晩は炊きたてご飯に合うおかずを用意。

「じゃじゃーん、白菜と豚バラの酒蒸しよ～」

白菜と豚バラ肉を一口大に切り、ホットプレートに白菜、豚バラ肉の順で敷き詰めてから、料理酒と水を適量ぶちまけて蒸す、ただそれだけのお料理だ。

いい感じに蒸しあがったら、これをおろしポン酢でいただくの。

「はふはふ。あー……うんうん」

甘みと旨みを噛《か》み締めながら、炊きたてご飯も口に掻《か》き込む。そしてまた、白菜と豚バラ肉におろしポン酢を絡めて食べる。

これこれ。豚バラ肉と白菜って、シンプルなのに相性抜群。

「まるで私と馨みたいね～」

「は？」

美味《おい》しいところが酒蒸しすることでより強く引き出され、おろしポン酢できりっと引き締まる。簡単なのにとんでもなくご飯に合うおかずなのよね。

「やっぱり新潟産こしひかりは一粒一粒がしっかりしていて、きらきらつやつや。炊きたては特にふっくらしていて美味しいわ～」

「あ、おもちがいつも以上に激しく米粒にがっついてる。やべえな……こいつ新潟産こしひかりの味を知っちまったのか」

「ぺひょ～っ！」

お米の味の違いが分かるおもち。

クチバシにたくさん米粒をつけていたので、それを取ってあげる。

「ほらおもち、これも」

この流れで人参《にんじん》のきんぴらも食べさせてみたのだが……

「ぺひょ〜ぺひょ〜。ぺ⁉　ぺひぃっ」

「あ、こいつまた人参をペッて吐き捨てやがった」

「行儀が悪いわよ、おもち！」

「ぺひょ？」

「……かわいい顔してごまかそうとしてる」

あざといおもちに手を焼きながら、しかしダメなことはダメと教えて、私も私で、おもちが人参を食べられるよう工夫してみようと反省した。

「人参ゼリーとかなら食べるかしらねえ、おもちは」

「……ゼリー、か」

つるつるキラキラしたものが好きだし、甘いお菓子だと思えば興味をもってくれるのではと考えたのだが、馨がこのワードで何かを思い出したように、珍しく「明日の放課後は千夜《せんや》漢方薬局に寄るだろうか」とスイの薬局の話題を出す。

「え？　うん、そのつもりよ。おもちも預けているし」

なぜ急にスイの薬局の話を？

しかし馨はただそれだけを確認したみたいで、

「あいつら今頃……いや、なんでも」

などと、訳のわからないことをぼそぼそ言っていたのだった。

○

その日の夜、私はある夢を見た。

美しい水の蛇と、赤い髪の姫の夢。

ああ、これ、茨姫《いばらひめ》の前世の夢ね。なんて懐かしい。

それは、茨姫がまだ人間だった時に出会った、邪《よこしま》な心を持った水の蛇だ。

最初、その水の蛇は、小さな姿で屋敷の庭にいた。

「まあ、綺麗《きれい》」

茨姫は水の蛇に声をかけてしまう。本来は見えないはずの魔性のものだが、茨姫には見えていたし、透き通った体に月光を写し込み、それは水晶の作り物かと思うほど、神秘的で美しい姿をしていたから。

あやかしだと分かった時には、もう遅い。

茨姫はその蛇に指を噛《か》まれ、滴る血が、水の蛇の体内に滲《にじ》んで溶け込んだ。

この時にこそ、水蛇《みずち》は茨姫の血と肉の味を知ったのかもしれない。

茨姫はしばらく蛇の毒で高熱を出して寝込み、生死の境を彷徨《さまよ》う。

その間、屋敷の周囲で人が嚙み殺されたり、毒殺されるような奇怪な事件が続き、それは茨姫のもたらした祟《たた》りだと噂されていた。

両親は手に負えなくなり、茨姫を安倍晴明《あべのせいめい》邸に預けたが、水蛇はそのようなことでは、茨姫を諦《あきら》めなかった。

見目麗しい男の姿となり、結界の張られた晴明邸の外から、茨姫を呼んだのだ。

『茨姫様。お母上があなたに会えぬ寂しさから、病に臥《ふ》せっておいでです。あなたに会いたいとおっしゃっています。お会いに行ってあげなさい』

この水蛇は、茨姫をよくよく見ていたのだろう。

何を言えば茨姫が屋敷から出てくるかを、理解していた。

そう。茨姫は……私は屋敷を、晴明の張った結界を出てしまう。

どんなに疎まれ、嫌われていたのだとしても、母が恋しくて、恋しくて。

しかし屋敷を飛び出した先で、茨姫は水の大蛇に襲われ、横腹に嚙みつかれる。

水の大蛇は、私を喰《く》らってしまうつもりだったのだろう。

『お母上が君に会いたいなどと言ったって？　あはは。それは、嘘だよ。君がいなくなって、せいせいしている』

……そう。

『君は誰からも必要とされていない。愛されていない。とても寂しいことだね』

……ええ。知っているわ。

『ならばこの世に未練はなかろう。俺に喰われてしまえば良いだけだ。その血肉は、この水蛇の糧となり永遠に生き続ける。もう何も悲しむ必要はない』

水の蛇は、絶望に涙し血だまりに沈む私を、慈しむような声で優しく諭す。
どんなに冷たく、心に突き刺さる酷《ひど》い言葉ばかりを、連ねていたとしても。
それは、真っ赤な、満月の夜。
茨姫は痛みと、それすら遠のく朦朧《もうろう》とした意識の中、赤い月を見上げながら、ああ、こ

こで自分が死ねば、もう誰かに嫌われたり、両親を苦しめたりすることもないのだろうか

……そんなことを考えた。

晴明だって、やっと厄介なお荷物がいなくなったって、せいせいするはずだわ。

以前見かけた黒髪の……あの鬼のお方も、あれから私に会いに来てくれることはなくなったものね。

あやかしの言葉に騙《だま》されて、晴明の言いつけを破って屋敷を出てしまった。

馬鹿みたい。

誰にも愛されないって、そんなことを改めて思い知らされただけなんて。

ドクン。ドクン。

ああ、血に……紅の血に染まっていく。

そこからの記憶は今でも曖昧《あいまい》だ。

水蛇に喰われる前に、茨姫は人から鬼へと変貌《へんぼう》した。そして暴走した霊力が、今にも茨姫を食わんとしていた大蛇の体ごと大地を裂いたのだ。

きっかけは、死を目前としたことだったのか。

はたまた偶然、その日であったのか。

私は人であることを捨てた代償に命をとりとめたが、気がついた時には座敷牢《ざしきろう》に閉じ込められ、鎖に繋《つな》がれていた。陰陽師《おんみょうじ》である安倍晴明と、退魔の武将であった源 頼光《みなもとのよりみつ》が、鬼となった茨姫を制止し、捕らえたのだ。

これはまだ、酒呑童子《しゅてんどうじ》が攫いに来てくれる前の、茨姫のお話。

○

「はーい、いらっしゃい真紀《まき》ちゃーん」

「ホワイトデーの宴にようこそ」

「え、え？」

例年より暖かかった、ホワイトデーの〝前日〟。

学校帰りにおもちを預けているスイの薬局に立ち寄ると、スイ、ミカ、おもちが、私と馨に向かってクラッカーを鳴らす。

おかげで色とりどりの紙屑《かみくず》だらけの私たち。

「どうしたのみんな。まさか私の為に何か用意してくれたとか、そういうの？　ホワイトデーは明日よ」

「御察しの通りだよ真紀ちゃん。だってホワイトデーの当日は、学校のお友達にもいろいろ貰《もら》うかなと思ってね。それに当日の活躍を奪っちゃあ、馨君に悪いしね～」

「変なところで気遣うよな、おっさん」

「おっさんって言うな」

スイは片眼鏡《モノクル》を押し上げつつ、馨に向かって嫌味ったらしく言い返す。

「俺はおっさんではなく真っ当な社会人。超常識人。それなりのお返しを用意しましたとも。ホワイトデーのお返しがお米だったそこの馨君とは一味違うよ～」

「うるせえよ。絶対に新潟産こしひかりがいいって、女王様がごねたんだ」

「女王様って誰、馨？」

「はいはい。痴話喧嘩《げんか》の気配を察知したけどさっそく始めます」

スイがパンパンと手を叩《たた》くと、奥からミカが何かを抱えてやってきて、目の前の机上に大きな透明のボウルを置いたのだった。

そのボウルには、鮮やかな冷たいお菓子が盛りつけられている。

「わああ、これ何これ何？　フルーツポンチ？」

カラフルなフルーツがきらきらしてる。

だけどスイは指を振って「ちょっと違うんだなー」と得意げな顔をしていた。

「これは九龍球《クーロンきゅう》っていう台湾スイーツだよ、真紀ちゃん」

「くーろんきゅう？」

「丸い寒天の中に、様々な果実を閉じ込めているのです！　スイと一緒に昨晩一生懸命作りました」

「ミカ君はフルーツ切っただけでしょ。あちこち怪我しながら」

確かにミカは指にたくさんの絆創膏《ばんそうこう》を貼っているので、慣れない作業を頑張ってくれたんだろうなと思った。

そして多分、このお菓子の提案者はスイだろう。スイってなんでも知ってるし、中華なお菓子作りと料理が得意だから。

「それにしても、綺麗な食べ物ねえ～宝石箱みたい」

大きめのビー玉大で、透明でつるつるした丸い寒天ゼリー。

その中に、色とりどりの果実が閉じ込められている。

ぶどう、いちご、ブルーベリー、キウイ、マンゴー、白桃、洋梨、みかん、いちじく……ああ、大好きなものばかり。ところどころ杏仁豆腐《あんにんどうふ》が混ざってるのも素敵。

「なんかカエルの卵みたいだな……」

「あ、馨君、そういうNGワード簡単に言ってのけるのやめて！」

スイはプンスカ怒って馨に注意しつつ、この九龍球という中華デザートをシロップとともにおたまですくい上げ、薄いガラスの器に盛りつけた。

私はその不思議なお菓子にすっかり目を奪われている。

今日は少し暑かったので、水出しのライチの烏龍茶《ウーロンちゃ》を、ミカが持ってきてくれた。

「さあ食べて食べて、真紀ちゃん。ついでに馨君も食べていいけどー……って、もう食べてるんですけど！」

「たりめーだろ。俺だって少しは金出してるんだから」

「へ、そうなの？」

スイと馨の顔を交互に見ながら、さっそくかわいい九龍球を一粒ぱくり。

「ん！」

プチッと噛《か》んで、弾けて広がるフレッシュ果実の甘酸っぱさには、思わず笑顔が溢《あふ》れた。

これはブルーベリー！

「どうですか？　美味《おい》しいですか、茨姫様？」

「うんうん！　凄《すご》いわねこれっ。冷たくて爽《さわ》やかですっきり甘いの。今日みたいな少し暖かい日にはもってこいのお菓子だわ！」

興奮して、思わずミカの手を取ってブンブン振り回す。

ミカは喜ぶ私を見て、なんだか感極まっていた。

スイもまた、長い袖《そで》で口元を隠してクスクス笑う。

「ふふふ。実は、馨君とはホワイトデーのお返しが被《かぶ》ったらあれかなって思って、事前に連絡を取り合っていてね」

「いやさすがにこれは祓らねーけど」

「なんだかお返しがお米になりそうって言ってたから、じゃあ我々の計画に一枚嚙むかいって。それでみかんと桃の缶詰だけ買ってきてもらったんだ」

「そう。そういうことだったのね。……ありがとう」

スイってば……

なんだかんだ言って馨すら気にかけて、私たちの関係を見守ってくれている。

「ミカも、もちろん馨も、みんな本当にありがとうね。これとても好き。私のフルーツたくさん食べたい願望を覚えてくれていたのね。どんどんお代わりしちゃう」

「もちろんです！　たっぷり食べてください茨姫様」

「食い過ぎて腹壊すなよ……。あっ、おもちお前も落ちついて食え！　寒天がめっちゃ飛び散る」

おもちは馨のお膝《ひざ》の上で食べさせてもらいながら、ぺひょぺひょ鳴いて大興奮。

気に入っているみたいだし、今度作り方を教えてもらって、人参《にんじん》ゼリーに活用してみようかな……

きっとね、スイはここにいる誰もが楽しんで食べられるものを、用意しようとしてくれたのだと思うのよ。私のみんなと一緒に楽しく過ごしたいという願いを、スイは誰より理解してくれているだろうから。

スイ本人はというと、開け放った窓辺で、少し遠目に私たちを見ながら、穏やかに微笑んでいた。

「………」

昨日見た、千年前の夢を、ふと思い出す。

スイと初めて出会い、彼に追い詰められ、茨姫となってから打ち倒し、その後自分の眷《けん》属《ぞく》とした、遠い日の歩みを。

「ねえスイ」

私はおもむろに、尋ねる。

「スイは今、幸せ？」

不意な問いかけに、スイは無言のまま、ただただ驚いた顔をしていた。

しかしすぐに大人ぶった笑顔を作る。

「なんで？　真紀ちゃんが幸せそうだから、俺は幸せだよ」

ここにいる誰もが、私たちの問答を、押し黙って聞いていた。

窓辺から外に視線を投げて、スイは幼き日の話をする。

「真紀ちゃんは覚えてる？　俺たちが、今世で初めて出会った時のこと。真紀ちゃんたちがまだ小学生の頃だったかな。ちょうど、今くらいの季節だったよね」

これに答えたのは馨だった。

「ああ、よく覚えてるぞ。あの日のことは今でも忘れられねえ。桜が咲き始めた公園でばったり出会って、茨姫の生まれ変わりだと速攻で勘付いたお前は、小学生の真紀に抱きついて号泣。事案でお巡りに連行されかけたあの日のお前を……」

「ええい、馨君はちょっと黙ってて！」

ゴホン、と咳払《せきばら》いをして気を取り直すスイ。

夕方の、少し冷たくなってきたそよ風にのって、桜の花びらが一枚この部屋に舞い込む。横切るその花びらを前に、彼は少しだけ目をつむり、やがて蛇の目をわずかに開く。

「俺はねえ、もう二度と茨姫には出会えないと思ってたんだ。それでも生き続けなければならない自分に、ちょうど嫌気もさしていた」

窓辺にもたれながら、日頃は絶対に語らないようなことを、スイは語った。

茨姫を偲《しの》びながら、人の世に紛れて、ただ生き続けていた。

日々が曖昧な感情のまま過ぎていく、そんな頃だったと。

「だからね、俺は茨姫様と再び出会えたあの日、初めて神というものに感謝したんだよ、真紀ちゃん。君が人として生まれ変わり、隣には酒呑童子がいた。それは俺が願った奇跡に違いないんだから。……千年は、長かったよ」

同じ気持ちを抱いているのだろうか。

ミカも眉《まゆ》を寄せ、苦しげな表情のままスイの話を聞いている。

千年は、長かった。その時間の長さを知っているのは、彼ら眷属だけ。

「だから、今世こそ君たちには幸せになってもらわなくちゃ。俺にできることがあるのなら、なんだってするつもりだ。俺はねえ、君の家族のように、そばで見守っていられるだけで……それだけで十分、幸せなんだから」

「……スイ」

重い空気になってしまったと思ったのだろうか。

スイは「あ」とひょうきんな顔をして、馨に向かってバチッとウインク。

「ついでに馨君のことも見守っといてあげるから。ははは。末長く真紀ちゃんをよろしく頼むよ、旦那様《だんな》」

「お前は真紀の父親か何かか！」

「今はぶっちゃけそのつもりだよ〜、あ、でもお兄様でもいいかな〜。おっさん呼ばわりは癪《しゃく》だけど叔父《おじ》さんもギリギリ許容範囲」

「ぜってー嫌なんだけど、お前みたいなのと身内になるの」

スイは冗談で言ったつもりなのかもしれない。

でも確かに……私の両親がいなくなってから、スイは代わりを担ってくれている気がするの。彼は何も言わないけれど、さりげなくそういう役目をして、心の支えになってくれた気がする。

本当に、泣きたくなる程の惜しみない愛情を、無償で注いでくれる。

彼はそんな、元眷属だ。

「ぼ……っ、僕だって茨姫様が大好きです！　再会できたのは最近ですが、それでも、ずっとずっとずっと会いたかった！」

負けじとミカが続く。

「だから僕、今がとても楽しいです。茨姫様が生きているこの浅草で、かつての仲間たちと一緒に過ごすというのは……あの時のことを思えば、夢のようです。時々、これは本当に夢なんじゃないかと思うこともあります。目が覚めれば、僕はやはり、あの淀《よど》みの川の深い場所で一人でいるんじゃないかって」

「ミカ……」

目に涙を溜《た》めているミカを、おもちがよしよししていた。

そんなおもちを、ミカはぎゅっと抱きしめて、泣くのを我慢している。

「ま、何が言いたいかというと、俺もミカ君も、真紀ちゃんと馨君が大事で、大好きなんだってこと。あ、馨君は主に真紀ちゃんのオプションのようなものだけれどね」

「わかってるよ。単体で愛されても戸惑う」

ケッと吐き捨てるように言う馨。

だけど、彼らの気持ちは痛いほど理解している。そんな顔だ。

「あっはっは。ま、そりゃそうだ。別に僕らは酒呑童子様の眷属だったわけじゃないしね。でも、やっぱりねえ、君たちは運命の番《つがい》というやつでね。一人ではダメなんだ。そういう意味で、茨木童子《いばらきどうじ》と酒呑童子それぞれの眷属は、たとえどちらかの主に仕えていたとしても、君たち二人の幸せを願わずにはいられない。どちらも守ろうとするだろう」

「…………」

「言葉や行動は、それぞれ違う方向を向いていたとしてもね。最終的な目的は、目指すべき理想郷は、同じ場所にあると思うんだよ。あのリン君だってね。……大江山《おおえやま》の狭間《はざま》の国《くに》は無くなっちゃったけれど、最後はみんなで、この浅草《あさくさ》で、幸せになりたいよ」

この、浅草で。

その言葉が、スイの口から出てきたことが、とても切なく、一方で救われるような心地だった。

スイだってミカだって、幸せになりたいに違いない。

私の幸せだけでなく、馨の幸せだけでなく、私は彼らだって幸せにしたい。

みんなで幸せに。

その願いが溢れてしまいそうで、私は目元が熱くて仕方がなかった。

「もう……今日はただのホワイトデーなのに……なんでそんな泣かしにくるような話」

誕生日ってわけでもないし、何かの記念日ってわけでもないのに。

だけど感極まって、込み上げてくる温かな感情に身を委ね、

「ありがとう。……ありがとう、スイ、ミカ。うう〜」

私はぐずぐず泣きながら、スイとミカが用意してくれた九龍球にがっつくほかなかった。

「あっ、こいつもう取り皿すら使わず、親玉のボウルにスプーンつっこんで食いだした」

「まあまあいいじゃないの。僕らは残ったフルーツでもちびちび分け合って食べようか」

美味しい。

ただひたすら、愛情が深い。

ゆえに、こんなにも深い愛情を今まで抱き続けてくれた眷属たちの、空白の時間にあったはずの孤独と悲しみを思い知る。

茨姫は、業が深い。

ミカを孤独に追いやった。リンはいまだ茨姫の無念にとらわれている。

それにスイは……スイは、茨姫が死ぬ瞬間を、看取《みと》った眷属だ。

多分、誰より来世の茨姫の幸せを願ったに違いない。

馨も、ミカも、こればかりは知らないだろう。

スイという茨姫の元眷属が、私たちが生まれ変わる以前からここ浅草にいたのは、偶然でもなんでもないということ。

そこに彼は、ずっとずっと留《とど》まり続けた。

――そう。

浅草とは、茨姫が没し、そして生まれ変わった土地。

だから私たちは、誰もが皆それぞれの信念や決意に基づきながら、この地に集い始めているのね。

浅草でまた、皆揃って宴を催す。そんな夢を見るために。

ならば私は、この浅草で、彼らに愛を歌い続けましょう。

《裏》スイ、かつての友に出会う。

俺の名は水連《すいれん》。

水蛇《みずち》という中国のあやかしだ。愛称はスイ。または千夜漢方薬局の水連先生と呼ばれることもある。

浅草に住み始めたのは明治の初期だったか。

色々あってこの地に留まり、始まった人間たちの戦争を見つめ、戦火に傷ついた人やあやかしを癒《いや》すため、得意の薬学を生かし薬局を始めたのだった。

浅草地下街あやかし労働組合に所属したのもその頃で、俺は憎らしいはずの人間たちと手を取り、人とあやかしが〝浅草〟という地で暮らしていけるよう、時間をかけて地盤を築く手伝いをした。

なぜそんなことをしていたのだろう。

答えは一つだ。再び茨姫様や、その夫の酒呑童子がこの地に現れた時のために、ずっとずっと、準備をしていたような気がする。

彼らと再び出会える、そんな根拠も無かったのにね。

「うーん、今日もいい天気だ」

あやかしとはいえ、俺の朝は早い。

なんせ人間たちの営みに合わせて生きてきたから、そのリズムがすっかり体に馴染《なじ》んでいる。多分、浅草あやかしはそういう者ばかりだと思う。

朝からせっせと、注文の入っていた薬を調合し、仕分ける。

そして育てている薬草の世話をして、眷属《けんぞく》の野菜の精霊たちに花の蜜《みつ》をあげては、店の掃除をさせて、朝ごはん作って洗濯物も干して……と。

あとは、あいつだ。

「ほーら、ミカ君もいい加減起きてよねー。今日も愛《いと》しの真紀ちゃんが、可愛いおもちちゃんを連れてやってくるよ」

押入れをスパンと開けて、そこでぐーすか寝ているミカ君を起こそうと中華鍋《なべ》をお玉で叩《たた》く、割烹着《かっぽうぎ》姿のお母さんな俺。

ぼんくら息子ならぬ、ダメカラスでダメ弟眷属のミカ君は、掛け布団を大事そうに抱きしめて、

「んー……うるさいスイ。僕の眠りを妨げるな。あっちいけ。すやぁ……」

「ったく、ほんと朝に弱いんだから」

あとから、なんで起こさなかったんだとか、茨姫様に挨拶《あいさつ》したかったとか、ぎゃーぎゃー文句言うくせにさ。

でもまあ、本来あやかしってこういうものだ。

夜に強く、朝に弱い。俺くらい長い時間をかけて人間の生活リズムに慣れていかなければ、本能というものにはそうそう抗《あらが》えない。特にミカ君は太古のあやかしでありその傾向が強い。

ま、昔の俺だってそうだったけどね。

千年前は、まっとうなあやかし。闇の化身。

人の血と肉と骨を好み、化かして脅して、そそのかして。

夜に紛れて、残虐な事を何度も繰り返した。

人間なんて、あやかしに比べたら本当に脆弱《ぜいじゃく》で、寿命も短く、簡単に死んでしまう。

どうでもいいようなことですぐに傷つく。身も心も。

人間が死を目前とした時や、絶望に打ちひしがれた時の顔こそ、あの頃の俺はたまらなく好きで……

でも今となっては、あの子のあんな顔、もう二度と見たくもない。

あの子の幸せばかりを祈っているのだから、俺はどうしようもない男で、どうしようもないあやかしだ。

「スイ、今日もおもちのこと頼めるかしら。代わりにまたお店のお手伝いにくるわ」

「お安い御用だよ真紀ちゃん。おもちちゃんのファンはあやかしのお客様にも多いし、おもちちゃんがいるとミカ君もお兄ちゃんぶろうと頑張るからね」

茨姫様。いや、今となっては人間の女の子の真紀ちゃんは、元酒呑童子の馨君と連れ立って、今朝も俺の元へとやってきた。

彼らがおもちちゃんを育てる様になって、学校にいる間はおもちちゃんをうちで預かることが多くなった。

そのおかげか、俺も真紀ちゃんの顔を見る日が増えた。

「ぺひょ～」

学校へ向かう真紀ちゃんと馨君に手を振るおもちちゃん。

この子は、俺やミカ君にとっても日々の癒しだけれど、真紀ちゃんたちといっそう関わる機会をくれた、ペン雛《ひな》の姿をしたキューピッドである。

「あーっ、また茨姫様にご挨拶できなかった！　スイが起こさなかったせいだ！」

「ふざけたこと言ってるんじゃないよミカ君。さあ、朝ごはん食べて」

「あ……甘い出汁《だし》巻き卵の匂い」

ふらふらと食卓に引き寄せられるミカ君。

俺はこれで生活感のある独身男。料理にはちょっと自信がある。

ミカ君はまっとうな日本あやかしの味覚を持っている為、甘めの出汁巻き卵が大好きだ。

朝ごはんには欠かさず作ってあげている。

俺は中国出身のあやかしだからか、甘口より辛口の方が好きなんだけどね。

「スイー、店前の掃除終わった。他にやることないのか？」

配達用の薬を仕分けていると、割烹着姿のミカ君が戻ってきた。

ミカ君の後ろを、はたきを持ったおもちちゃんがテチテチ付いてきては、ミカ君の真似をしてあちこちはたいて回っている。

「なんだよミカ君。今日はやけにお手伝いしたがりだね。いつもは渋るくせに」

「だって……僕もそろそろ自立して、茨姫様に貢献したい。今のままじゃ、前と何も変わらない。もっともっと、茨姫様と馨様の日常を……お守りしなくちゃっ！」

握りこぶしをぐっと掲げて、決意とともに張り切るミカ君。

昨日の今日で、いつも以上のやる気を感じる。

まあ、今朝も自分で起きることができなかったお前が言うなって感じだけど。

「あー。その意気込みやよし、と言っておこうか。でもまあ、できる範囲でほどほどにね～。無茶して君に何かあったら、悲しむのは真紀ちゃんなんだから」

日頃は腹立つ弟眷属ではあるが、ミカ君はミカ君なりに色々と考えているんだろうか。

ちょっとだけ感心してポンポンと頭に手を置くと、「触るなハゲ」って憎たらしい口をきいて、手をバシッと払いやがる。ハゲてないから。

「じゃあ今日もお使い頼むよ、ミカ君。田原町《たわら》の小鳩じいさんのとこに、いつもの薬持って行って。あと帰りにお砂糖と牛乳と、そうそう、だし道楽の自販機で出汁買ってきて。焼きあご昆布入りの方ね。お昼はわかめうどんだから」

「はーい。……えっとお砂糖と牛乳と出汁……焼きあごの方、と」

ここは素直に言うことを聞いて、ちゃんとメモもとる。

お使いの内容をすぐに忘れるから、こういう時はメモをとるといいと、以前アドバイスしたのをちゃんと守っているみたいだ。

前まで外に出ることも怖がっていたのに、最近はそうでもなさそう。

お客との触れ合いにも徐々に慣れてきて、この界隈《かいわい》のお客に薬を届けるお使いくらいなら、難なくやりこなすようになってきた。

「お散歩行こうおもち」

「ぺひょっ、ぺひょっ」

そうそう、こういう時に必ずおもちちゃんも連れていく。頼もしい相棒のよう。

抱っこされたおもちちゃんも、お散歩が大好きだからか嬉《うれ》しそう。

「寄り道するんじゃないよ。あとおもちちゃんにお菓子買ってあげてもいいけど、健康の為に一つだけだからね。最近ちょっとぽっちゃりだから」

「わかってる！　ガミガミスイめ」

ベッと舌を出して悪態をつき、ミカ君は薬を手提げに入れて、おもちちゃんを抱えて出て行った。子供みたいに下駄《げた》をカラコロ鳴らして。

「……はあ〜。子供たちが出て行った」

店に隣り合う自分のアトリエで煙管をふかし、一休みだ。子供たちがいると控えちゃうからな。

さあて……考えなければならないことが、たくさんあるぞ。

茨姫様の為に、俺ができることとは何か。

「多分、茨姫様の眷属であった、木羅々《きらら》ちゃんを見つけてあげることだと思う」

それは、まだ彼女が今世で出会えていない、最後の眷属。

俺は大きなテーブルに青木ヶ原樹海の地図を広げ、ミカ君の記憶と話を頼りに、あの藤の苗木をどこに植えたのか目星をつけているところだ。

どこかで時間を見つけて、ミカ君と一緒に捜しに行きたいのだが。

「富士の樹海か〜。自殺の名所だよなー。幽霊とかいっぱいいそー」

あやかしが幽霊を怖がってどうするんだって話だけど、幽霊ってまた全然違う存在だしね。あの真紀ちゃんが苦手なくらいだし。

でも、何としても繋《つな》いであげたい。前世の縁と。

「おい、水連」

音もなく、目の前にあいつが現れた。

ま、こいつが俺の家に侵入してきたことくらい、わかってたけどね。

「なんだい、リン君。君が俺を訪ねてくるなんて珍しいねえ。ていうか不法侵入？」

茨姫にとって、第三の眷属である、凛音《りんね》。

血が足りてなさそうな青白い肌。そして千年前から変わらないスカした仏頂面で、俺を睨《にら》んでいる。

あー、ミカ君から横取りした黄金の瞳《ひとみ》のおかげでオッドアイだし。

もともと細身だったけれど、健康的な生活は送ってなさそうだし、痩《や》せてるなあ。

「そういや吉原《よしわら》の遊女たちに随分遊んでもらったらしいけど、どうだった～？」

「どうもこうもない！　オレは死ぬかと思った！」

ほう。死にかけるほど色々吸い取られた、と。

羨《うらや》ましいような羨ましくないような。リン君は怖いことでも思い出したのか一瞬取り乱し、より一層青白い顔になっているが、気を取り直して「ふん」と腕を組む。

「相変わらずのニヤけ面だな、水連」

「そりゃあ、俺からこの笑顔をとったら何が残るというのか」

「……お前を見ていると、なぜそんなにも胡散臭《うさんくさ》いニヤけ顔を貼り付け続けられるのか、正直理解に苦しむ。あんな最期を遂げた茨姫を、見ておきながら」

「…………」

俺は多分、凛音君の言う、ニヤけ顔をわざとらしく貼り付けたまま。

そのまま「そうだねえ」と声音を低く保ち、ひやりとした霊力をタバコの煙に含ませ、漂わせる。

「だって俺たちが幸せそうに笑ってないと、真紀ちゃんが安心できないでしょう？　あの子の幸せそうな顔が見られるのなら、俺はどんな状況でも笑ってみせるよ」

煙管《キセル》を吸って、吐く煙が目の前を曇らせる。

煙が流れてリン君を囲んだ時には、蛇の視線が、彼を捕らえていた。

「リン君もさあ、そろそろ大人になって反抗期をやめてちょうだいよ。君がやろうとしたことは、わからなくもないけれど」

「はっ。随分と上から目線だな、水連。オレはお前のそういう兄眷属《けんぞく》ぶっているところが、ずっと嫌いだよ」

「ほらほら。そういう刺々《とげとげ》しいとこー。兄眷属ぶってるんじゃなくて、兄眷属なんですー。もう眷属じゃないけど」

「…………」

全く。リン君もミカ君とどっこいどっこいだな。

俺に比べたら子供で自分勝手。

でも、真紀ちゃんにリン君が必要だということも、変わらない事実なわけで。

「ねえリン君。どうせ浅草付近をうろついてるみたいだし、行き場が無いんなら、うちに来るかい。部屋なら余ってるし、ご飯くらい出してあげるし、知り合いの医者に頼んで、定期的に鮮血を用意してもらうよ？　ただうちにいる限り、手伝って欲しい仕事なら山ほどあるけど」

「絶対に嫌だ。これでも住処《すみか》くらいあるのでね。そもそもお前や深影《みかげ》と共に過ごすくらいならオレはのたれ死ぬ。そっちの方がマシだ」

「そこまで嫌なの⁉」

うーん、ミカ君が生意気でアホの小学五年生なら、こっちは反抗期真っ盛りの高校一年生って感じ。

「でも、君だって真紀ちゃんの家族になりたいだろう？」

コン、と煙管の吸い殻を灰皿に落とす。

そして、俺たちがもうずっと昔から思い知っている、ある話をした。

「俺たちは絶対に、あの子の一番にはなれない」

「…………」

「でも家族として、側で見守り続けることは、許されているんだよ」

するとリン君は視線を横に流しながら、

「お前は昔から変な奴だよ、水連。なぜそんな気持ちになれる。お前だけがいつも一歩引いて、平静でいるんだ」

「そうだねえ。俺もたまに嫌になるけどね、こういう性格。いっそ、昔みたいに欲しいものは全部自分のものにするくらいの、あやかしらしい非道さを思い出したいよ……」

リン君の視線が、再び俺に向けられる。俺は安心して続けた。

「だけどもう無理なんだよね。一度茨姫様に絆《ほだ》されてしまった。俺はあの方に、取り返しのつかないことをしてしまったのに、あの方は俺を許してくださり、側においてくださった。俺はあの方の一番ではないけれど、一番最初の眷属だった……それが誇りなのだから、仕方がない」

「ならばお前はお前が思う方法で、あの娘を緩く見守っていればいい。オレはオレのやり方で、茨姫の尊厳と理想をお守りする」

「お。なんだかんだ言って、やっぱり君も真紀ちゃんのこと守ろうとしてるんじゃん。やっぱ眷属ってね、契約解かれても主《あるじ》のことを考えずにはいられない体にされちゃってるんだよね〜」

「やかましいっ！　気持ち悪いことをいうな！」

　ブチギレのリン君が、強く机に両手をついた。ちょうどその時だった。

「……？」

　急にリン君が黄金の瞳を押さえ、疼《うず》く痛みに表情を歪《ゆが》める。

「どうしたんだい、リン君。目にゴミが入った？　目薬いる？」

「違う。……これ、は」

　リン君はすっと冷静な顔になる。

「深影が攻撃を受けている。黒いローブにあやかし殺しの呪杖《じゅじょう》……これは〝狩人《かりゅうど》〟の特徴」

「⁉」

　俺は慌てて立ち上がった。そして窓を開け、空を睨む。

　彼にはお使いを頼んだ。その方向を……

　田原町は、七福神の結界外だ。俺がぬかった。

「おい、助けにいくのか。深影もかつては茨姫様の眷属。あの程度の狩人に負けるわけがない」

「いや、ダメだ。相手が狩人ということは、人間にちがいない。ミカ君は今、人間に攻撃することを、封じられている……っ」

　部屋を出て行こうとドアノブに手をかけて、俺はリン君を一瞥《いちべつ》した。

「リン君、君はすぐに真紀ちゃんの元へ。奴らがミカ君をわざわざ狙っているということは、茨姫様の存在もマークされているということだ」

「……それは」

「早く！　あの子は上野の学校だ。浅草の結界の外なのだから！」

真紀ちゃんの元には、馨君も鵺《ぬえ》様も、あの安倍晴明の生まれ変わりだっている。

万が一のことなどないと思いたいが、不意打ちとは時に、隙をついて破綻《はたん》を生むもの。

事情を知るリン君を彼女たちの元へ向かわせ、俺はミカ君の元へと急ぐ。

霊力を探る。そういうのは得意だ。それに、聞こえる。

これは、おもちちゃんの悲鳴だ。

あの子はツキツグミであり、その声は特別よく響いて届く。

俺に助けを求める声を発しているのだろう。おかげで場所はすぐに分かった。

「ミカ君！」

田原町の人気のない路地で、小さなカラスのまま籠目《かごめ》の束縛術に囚《とら》われているミカ君と、ミカ君が羽を広げて覆い、守っているおもちちゃんが。

俺は懐から八卦《はっけ》の札を取り出し、それを籠目の結界に向かって放つ。

「解！」

この籠目の結界、嫌に見覚えがある。

かつて、あの裏切り者のミクズが使っていたものに似ている。

「……ス、スイ……」

「ミカ君、よく頑張ったね。おもちちゃんをしっかり守ったんだ。立派な兄眷属だ」

ミカ君のボロボロの羽を撫《な》でて、泣いているおもちちゃんを抱きしめ、俺はスッと視線を上げた。

「誰だ、術を破ったのは……」

「こいつ知ってる。浅草の水連って薬師だ。人間の顧客が多いから、手を出すと厄介って資料に書いてたけど」

「茨木童子の子分ってホントかよ？　付加価値高そう～マニアに高値で売れそうじゃん。ぎゃはは」

外灯や屋根の上から俺たちを見下ろし、好き勝手なことを言っている黒いローブの者たち。

以前、真紀ちゃんたちから聞いた狩人の特徴と同じで、三人だ。

顔はいまいちわからないが、どこか人間社会からつまはじきにあったような、野良犬みたいな目だけはよーく見えているよ。

人にもあやかしにも交えることができない奴らは、決まってこんな目をしている。

「二匹まとめて捕獲してやる」

敵の一人が、何かを俺たちに向かって投げた。

小さな瓶？

俺はとっさにミカ君の前に立ち、袖《そで》で防ぐ。

「!?」

瓶の中身が飛散し降りかかったのは、少量だったが何かの液体。

覚えのある酒の匂いに、俺は脳を揺さぶられるほどの衝撃を受けた。

これは――

「ミカ君、まだ動けるかい」

「……え？　う、うん」

「よし。ならもう一つお使いだ。おもちちゃんを、無事に茨姫様の元へお届けしろ。怪我が痛むかもしれないけれど、我慢だよ」

「ならスイ、お前も……っ！」

「いや、俺はここに残る。大事な、あの子の眠る浅草に、これ以上こんな奴らがいていいわけがない……っ」

「……スイ？」

「狩人なんて、俺が最も嫌いな人間だ。あやかしを家畜のように扱い、商売の道具としか考えてない。冷酷で、残虐で、非道でわがままだ」

それってかつての俺？　まあ、そうかも。

同族嫌悪ってやつだよ。

「さあ、行け、ミカ君」

俺は懐から薬包を取り出し、キラキラとした粉薬をミカ君とおもちちゃんに振りかける。

これ、真紀ちゃんが誤って触れてしまった、あの〝強制変化薬〟ね。〝朧花《おぼろばな》〟という透明の花の花弁を薬材にしているから、強制的に朧げな存在に化けてしまう。

ミカ君もおもちちゃんも、わっと目の前から姿を消した。

ここにいるけれど見えないだけだ。

そんな彼らを俺は押して、去るように促したのだった。

強制変化薬って、普段化けないものや化けづらいものに化ける手助けをする薬としても、便利なんだよ。

「……さて、と。どうしたものか」

こいつらをどうにかしなければならない。しかし俺の力は、今一時的に封じられている。

そう。先ほどの酒は〝神便鬼毒酒《じんべんきどくしゅ》〟。

まさかこの酒によって、再び力を封じられることになるとはねえ。

「獲物が消えたよ、どうしようライ」

「ひえっ⁉　こちとら八咫烏《やたがらす》の確保をボスに命じられてるってのに！　人間様に逆らいや

がって、ふざけんじゃねっつーのー」

黒ローブの輩《やから》が何か言ってる。文句？

「ふざけんじゃねえ？　ふざけんじゃねえって……何？　人間様？」

俺は立ち上がると、上掛けを叩《たた》きながら、淡々と問う。

「そりゃこっちのセリフだ。ここは確かに人間の支配する現世《うつしよ》だけど、お前たちのやっていることは密猟者と同じ。人間であっても罰せられるような悪の所業だ。お前たちは、人間様、じゃないんだよ。強いて言うなら、ただのクズだ」

「……は？」

「お前たちは、あやかしが憎らしかったりするのかい？　過去に傷つけられたり、痛めつけられたり、理不尽な目に遭わされたのかい？」

あー、わかるわかる。だって俺も、人間をたくさん傷つけてきたんだから。

恨まれるのは、憎まれるのは、当たり前。当たり前なんだ。

復讐《ふくしゅう》されたり、殺されたり。

「だけど、真面目に生きてるあやかしは巻き込まないであげてよ。浅草のあやかしの大半は、人間たちに喜んでもらおうって、そういう商売をしているお人よしな奴らばかりだ。人間だってあやかしに寛容なひとが多い。そういう場所に、お前たちの事情を持ち込まないでくれよ。そんなだから、いつまでたっても、いつまでたっても……」

終わらない。

ひととあやかしの諍《いさか》い。千年前からずっと。

「何言ってんのお前。ここは今まで、誰も手をつけなかったってだけの狩場でしかない」

「浅草地下街だっけ？　奴らがいたからさ。でも……ぎゃはは！　あいつらももう終わりだ。罠《わな》にひっかかって、もう浅草を守れない！」

「……何？」

浅草地下街の者たちに、何かあったのか……？

俺の気が目の前の輩から逸《そ》れた、その一瞬を、敵の一人は見逃さなかった。

「悪の化身が。少し……大人しくしていろ」

霊力が封じられたのもあったが、光線のごとき神速に対応できなかった。敵の一人は俺の腕を取り、地面に押し倒して籠目の束縛術で拘束する。電流に似た強い衝撃が、体に走る。

こいつ、何者だ。

こいつだけは少し特殊だ。感情を全く感じない。

人間なのにあやかしのような冷たさを帯びた、その霊力。

奴は容赦なく俺の頭を掴《つか》み、もう一度あの酒を口に流し込んだ。小瓶一本分。

「蛇は酒を飲ませて退治せよって、ヤマタノオロチの時代から何にも変わらないんだね」

「こいつ芸が色々あるみたいだから、高値で売れそうじゃん〜。ぎゃはは」

「無駄口を叩くな。こいつを連れて行くぞ……」

「わかってるって、ライ」


この俺が、敵の催眠のお香で眠りにつかされる。

俺もよく使う薬香だなあ。

こいつらは知っているのだろうか。その香りには、深い眠りを誘い、思い出したくもない過去を、自ら省みさせる力があるということを。

○

茨姫。

彼女を初めて見たのは、俺が平安京《へいあんきょう》にやってきてすぐのこと。

霊力を補充するため、美味《うま》そうな人間を物色していた時だった。

その頃の俺は、人間を喰《く》うということを当たり前のことだと思っていたし、人間はあやかしに喰われるための食料とすら考えていた。

まあそういう野蛮なあやかしだったからこそ、大陸から追われて、こんな島国にやってきたわけだけれど。

そして俺は、良い匂いに惹《ひ》きつけられた虫のごとく、その茨姫を見つけた。

彼女は結界の張られた屋敷に住んでいて、なかなか外に出てきてくれなかった。

俺は自分の力を過信して結界に突っ込んだことがあるのだが、いやはや、その頃はこの国で最強の安倍晴明という存在を知らずにいたのだから、恐れを知らぬ愚かな蛇である。

まんまと霊力を削《そ》がれ、俺はミミズサイズの小さな水の蛇になってしまったわけだが、おかげで茨姫の目に留まり、声をかけられる。

「まあ、綺麗《きれい》」

その声を聞いただけで、この姫が体内に宿す特別な霊力に気がついた。

この娘の血と肉はあやかしに強大な力をもたらし、その骨は愚かな人間が追い求める不老不死の妙薬の素となるかもしれない。

それほどの芳しい霊力に、ぐっと心を鷲掴《わしづか》みにされ、俺は夢心地に溺《おぼ》れた。

ああ、絶対にこの娘を喰らいたい……と。

その感情は、ある意味で恋に近いものだったのだと思う。この娘が欲しくて、恋しくて、孤独に涙する姿が魅力的で、それでいて僅《わず》かにかわいそうで。

喰ってしまえばその姿を見ることもできなくなるが、一方で彼女に寂しい思いをさせずにすむ。

その葛藤《かっとう》がたまらなく、これがあやかし界隈《かいわい》では古くから常識である、人間の娘に恋をした時の苦しみかと思ったものだ。

あの頃の俺は、やはり生まれながらの生粋のあやかしで、そういう考え方しかできなかった。悪意が基本。俺に喰われるのが、この子の幸せだとすら思っていた。

だが、獲物と定めた人間の娘が、あの夜、鬼となった。

人ではなく、鬼。同じあやかし。

血に染まるその姿は震えるほど美しかったが、人ではなくなったその娘に、少なからず失望した気持ちもあった。

しかも、彼女の暴走する霊力に傷つけられた俺は、しばらく身動きが取れず、羅生門《らしょうもん》に潜んで力を取り戻すのを待つ羽目になった。

茨姫は安倍晴明によって、地下牢《ろう》に囚われていると、羅生門に巣食う小鬼たちが噂していたが、俺はもうその頃には、あまり茨姫には興味がなかった。

俺がどんなに高等なあやかしであれ、晴明の結界を解く方法などわからないし、そもそも鬼になってしまったのだから、じきに殺されるんだろう。

しかし、やっと傷が癒え動けるようになり、新たな獲物でも探そうかと思っていた矢先、俺は新たな噂を耳にする。

茨姫はまだ生きており、死にかけた鬼のまま、別のあやかしに攫《さら》われてしまった。

そのあやかしの名は、酒呑童子。

もちろん、知っているさ。平安京を騒がせる鬼の名だ。

確か力の無いあやかしを助けて回っているということだったが、茨姫のこともそのつもりで助け出したのだろうか。

俺はなんとなくまた興味が湧いてきて、茨姫がどうなったのかを探っているうちに、衝撃的な話を知る。

どうやら酒呑童子は茨姫に惚《ほ》れ込み、妻として娶《めと》ったらしい。

陰陽師《おんみょうじ》の呪詛《じゅそ》により傷ついた茨姫の体を癒《いや》すため、酒呑童子はあらゆる神やあやかしを頼り、自ら差し出せるものを数多く差し出して、そうして彼女の命を救ったのだとか。

なんだ……なんだ、それは。

あやかしの風上にも置けない。

なぜだか無性に腹立たしく思い、気がつけば俺は、大江山の酒呑童子の隠れ家を探し当て、二人の様子を確認していた。

酒呑童子と茨姫は共に寄り添い、幸せそうに笑い合っていた。

不幸と絶望の表情こそが美しいと思っていたあの茨姫が、笑っていたのだ……っ！

人間の娘でなくとも、鬼であったとしても、ますます眩《まばゆ》く、美しく華やかな姿をしていて、その愛と信頼を全て酒呑童子へと注いでいた。

それを見て、俺はますます怒りがこみ上げてきた。

最初に見つけたのは俺だったはずだ。

鬼となり興味も失せたと思っていたのに、なんだか宝物を横取りされたような心地だった。

だけど、それがそもそもの間違いだ。

あの娘に対する感情の扱い方や行動を間違わなければ、もっと違う考え方ができれば、あんな風に笑ってくれたのだろうか。茨姫は、この俺にも。

ならば取り返してみせよう。

確認してみよう。

大江山の鬼・酒呑童子から、今度は俺が茨姫を奪ってやるのだ。

だけど誤算は、茨姫がやはり鬼になっていた、ということで……

『まだ泣き虫茨姫と思った？　残念、私はきっとこの世で二番目に強い鬼よ』

茨姫、いつの間にか、超強くなってた。

俺はそれなりに呪術《じゅじゅつ》に長《た》けていたけれど、茨姫の圧倒的暴力の前に、為す術もなく打ち負かされたのだった。

だけど、茨姫は俺にトドメを刺すことはなく。

『なぜだ。なぜ殺さない。なぜ許せる。二度も命を狙った、この俺を』

『許してなんかいないわよ。ただ、あなたがいなかったら、私はシュウ様の妻にはなってなかったかもしれないって……ふふ』

だから、殺さないとこの姫は言った。

勝ち誇った笑みを浮かべて、俺を見下ろし、

『感謝すらしているわ』

そう、言い切ったのだ。

それは俺の屈辱でもあり、完璧《かんぺき》なる敗北を意味していた。

『さあ。どこへなりとも好きな場所へ行きなさい。私の気が変わる前にね』

『ま……待て！　他に何かないのか。求めることがあるのなら、俺は……』

この体も、瞳《ひとみ》も、骨も魂も差しだそう。それが負けたあやかしの末路だ。

だが茨姫は『しつこいわねー』と言ってばかり。

あやかしのくせに、殺すでもなく、喰らうでもなく、生かす事で俺に屈辱と敗北を味わわせる。それはやはり人間ならではの、憎らしくも見事な感情の至る所のように思え、俺は俄然《がぜん》、この姫に興味をそそられた。

茨姫は少々困り顔のまま、しばらく口元に拳《こぶし》を当てて『うーん』と唸《うな》る。

『なら、あなた私の子分にならない？』

『……え？』

『なーんて。ダメ？』

これには茨姫の後ろで見ていた酒呑童子やその子分たちもびっくり。

こいつだけはやめとけと、揃いも揃って焦っていたが、茨姫は大真面目で続けた。

『だって、私もシュウ様みたいな子分が欲しいんだもの。できるだけ強くて、賢くて、したたかなのがいいわ。それに水の蛇って綺麗で好きよ。あなた美男だし、大江山の、女の子のあやかしたちも喜びそう』

『…………』

『まあ、何と言ってもあやかしらしいのが気に入ったのよね』

『あやかしらしい、だと？』

『ええ。私もシュウ様も、元は人間でしょう？　熊《くま》ちゃんも虎《とら》ちゃんも半分は人間の血が混ざっている。強くて、純粋なあやかしがいないの。今後、あやかしらしい悪意を知っているあなたの力が、必要になる気がするわ。私の夫、酒呑童子様が成し遂げたい事にね』

あやかしの悪意を知っている俺が、必要……？

なるほど。この娘ときたら、泣いてばかりいた、あのか弱い姫だとは思えない。俺以上にしたたかではないか。

そういう事ならば、俺は……

『ならば俺を、あなたの眷属《けんぞく》にしてくれ。眷属の契約をしてしまえば、その忠誠は絶対だ。あなたを裏切る事はできなくなる』

それが、茨姫という存在に魅せられ、敗北し、この鬼姫が今後どうなっていくのかを知りたいと思った俺の、最大限に差し出せるもの。誠意の証《あかし》。

茨姫は目を細め、俺の真意を確かめようとしていたが……

『眷属になったら、あなたはもう、私から逃れられないわよ。それでもいいの？』

『ああ』

『あなた、名前は？』

『名、か。様々な名を使ってきたから、本当の名など忘れたな』

『へえ、そうなの？　うーん……』

眷属の契約には、名前が必要になる。

『ならあなたの名は〝水連〟よ。透き通った水の連なりの大蛇、水連。でも呼びづらいからスイって呼ぶわね』

茨姫はあっさりと名付け、簡単に愛称をつけ、そして、

『あなたは一生、私のもの。私の一番最初の眷属の座を、あなたにあげるわ。私を追い詰

め、鬼にしてくれたのだからね』

無邪気な笑顔で手を伸ばし、鬼らしい残酷な事を言ってくれる。

だがそれで良い。

それこそがあなたの復讐《ふくしゅう》だというのなら、願ってもない。

俺は、その手を迷わず取った。

おかげで茨姫様という鬼姫に、生涯虜《とりこ》になる呪いをかけられたみたいだ。

あなたの生き様は、小さな幸福と、大きな悲劇に彩られ、壊れゆく最後の最後まで情熱的で、目をそらすことなどできなかったよ。

俺にとって、茨木童子という鬼の〝最初の眷属〟という立場は、誇りであり、呪いだ。

あなたが〝この場所〟で命を燃やし尽くし、それを見送った事で、俺が失ってしまった眷属という誇り。愛しい呪い。

あなたは俺たちに、自分のために強く生きろと命じられた。

だから、俺は……

○

「……いってて……」

身体中が痛む。老体なんだから大事に扱ってくださいよ。

ていうか……ここはどこ？　俺は誰？

いや俺は水連。茨姫様にもらった名を忘れるわけがないでしょう。

「あらら～。俺ってば奴隷のように両手縛られてる？　酷《ひど》いな～人権侵害だ～。ま、あやかしだけどね。でも見た目なんてほとんど人間なのに！」

文句言ったり自虐したり忙しい俺。

馨君みたいにつっこんでくれる人がいないって意外と寂しいね……

薄暗く寒い、コンクリートの壁に囲まれたどでかい倉庫のような場所だ。俺は呪詛のかけられた首輪をはめられ、両手に手錠をかけられている。

どうやらここは狩人《かりゅうど》の連中が、捕らえてきたあやかしたちをまとめて収容している部屋らしい。

よくよく見てみると、周囲に数匹あやかしがいる。

主に人形《ひとがた》のあやかしは俺と同じように、手錠をかけられ転がされているみたいだ。

どでかいあやかしや、獣姿のあやかしは檻《おり》に入れられている。

いったいどこから連れてきたのやら。

生気を感じず、どこかぼんやりとしている。

誰も動きまわったり暴れたりしていないのは、この部屋にも漂うあやかしに効く薬香のせいか。

正気なのは俺くらい。そりゃあ俺は、この手の薬をもう何千何万と作ってきたし、自分の体でも試してきた。最初はくらっとして夢まで見たけど、もう大丈夫。耐性があるってものよ。

「……？」

巨大な檻の向こうが、淡く光っている。桃色のような、淡い紫色のような。

紫色の花びらが、風もないのにひらひらと宙を舞って俺の元まで届いた。

なんだ、この感じ。

懐かしい、花の匂いがする……

俺は立ち上がり、慎重に移動した。

大きな檻の向こうに、淡い紫色の光に包まれた、広いスペースがあったのだ。

中心に土の盛り上がった小山のような一帯があり、そこだけ特別仕様なのだが、頂上には小さな藤の木が、いくつもの柱に支えられて藤房を垂らし、季節外れでも咲く花に淡い光を灯《とも》しながら、派手に花びらを散らしていた。

根元に誰かいる。

お人形のようなフリフリの洋服を纏《まと》った、美しき少女の精霊だ。

「あれ～、スイ君だ。おひさ～」

「………」

　しかし俺に気がついた、その少女の陽気な笑顔ときたら。

「ボクだよボク。狭間の国で一緒に酒を酌み交わした仲でしょう？　もしかして覚えてないの？」

「……いや」

「えー、ちょーショックなのよーっ。こんな変な服着せられたせいだわ、絶対そうだ～」

「い、いやあ、それは大丈夫っていうか、ちゃんと覚えてるんだけどね。なんでそんな久々に再会した同級生レベルのノリなんですかね……木羅々ちゃん？」

　とりあえずボクっ娘《こ》だけど、見た目も声も女の子。

　藤色の髪も、ピラピラした服装に似合う、ドリルみたいな巻き髪ツインテール。

　性別はないらしいけど俺は彼女を女の子だと思いたい……

　そう。彼女の名は、木羅々。

　茨姫様の第二の眷属であり、大江山の狭間の国の結界守りだった、藤の木の精霊だ。

「まさか、木羅々ちゃんも狩人たちに捕まってしまったの？」

「狩人？　そうそう、人間のよ。でもほらボクって木の精霊じゃない？　根っこから掘り返されちゃって、そのままこんなところに連れてこられちゃったの。枯れちゃったらどうしてくれるのよう」

「……それは、確かにそうだね」

ここで彼女に出会えたのは運命だ。不幸中の幸いとも言う。

しかし彼女はあくまで木。光もなく、十分な霊力も補充できないこんな場所にいては枯れてしまう。

ならばどうするべきか。

なんとかして彼女をここから助けださなければならない。小さいとはいえ藤の木ごと連れ出すなんてミッション、なかなかの難題だねえ。

「ねえ、木羅々ちゃんは……茨姫様に会いたい？」

俺はまず、木羅々ちゃんの意思を確かめようと思った。

その名を、どう受け取るか。

「……茨姫」

木羅々ちゃんは、先ほどまでのテンションをスウッと落ち着かせ、瞬《まばた》きもせず視線を僅《わず》かに落とし……やがて、その名を懐かしむような、一筋の涙を流した。

ああ、そうだろうとも。

俺たちにとって、茨姫とはかけがえのない存在だ。

絶対的な主だ。

これを確認できただけで、俺の意思も定まった。

「ねえ、木羅々ちゃん。千年前は、万年咲いている君の藤の木の下で、酒呑童子と茨木童子、そして眷属たちが揃って、よく花見の宴を催していたね。今もね、すでに宴は始まっているんだよ。絆《きずな》は集いつつある。だから……必ず俺が、君たちを会わせてあげる。繋いであげる。何をしてでも」

狩人相手に、俺一人でどこまでできるか分からない。

だけど、一度失われたと思っていたはずの、狭間の国の仲間だ。

今の俺が、真紀ちゃんにできることがあるとすれば、それは木羅々ちゃんを無事に浅草へと連れて行くことなんだろう。

あの地が俺たちの今世の理想郷であるのならば、俺にも、木羅々ちゃんにも、帰るべき場所はあるのだから。

あとがき

こんにちは、友麻碧《ゆうまみどり》です。

思い立って、ふらふらと函館《はこだて》に新幹線でやってきた、そんな真夜中にこちらを書いております。ポッと入った回転寿しですらとんでもなく美味しい、そんな函館にはまってしまいそうです……

はい。浅草鬼嫁日記シリーズ第五巻、いかがだったでしょうか？

あやかし夫婦は眷属《けんぞく》たちに愛を歌う。

タイトルの通り、酒呑童子《しゅてんどうじ》や茨木童子《いばらき》の眷属たちのお話がメインで、今まで語られることのなかった彼らの内面を描きつつ、日常コメディな巻となりました。

あ。何気なく晴明《せいめい》の四神とか出てきました。玄武《げんぶ》のお兄さんは悪人面で中二病ですが悪いひとではないので可愛がってあげてください。由理《ゆり》が色々大変そうですが、彼を通して語られ始めた晴明サイドのお話も、今後の見どころです。

前のあとがきで、次は日常の愉快な話〜とか言ってました。

それでなんやねんこの引きは……という感じでしょうが、次は眷属たちが勢ぞろいの大きなお話になるかと思いますので、浅草《あさくさ》の水戸黄門《みとこうもん》の活躍をお楽しみに！

　さて。浅草鬼嫁日記のコミカライズに関するお知らせです。

　ビーズログコミックス版の単行本第1巻が同月発売となっております。こちらが発売した頃には書店の漫画コーナーにあると思いますので、ぜひぜひお手にとってみてください。

　藤丸豆ノ介《ふじまるまめのすけ》先生のテンポよく巧みな構成と美麗なキャラクターたちが、連載当初から大変好評で、自慢のコミカライズとなっております。馨《かおる》が超イケメンです。あとこれ小声で言っときますけど、原作より分かりやすくて読みやすいですよ……っ（え）。

　浅草鬼嫁日記小説版には収録されていない、馨×大旦那《おおだんな》（かくりよの宿飯）のコンビニグルメをめぐるお話や、書き下ろし番外編も収録されている豪華な出来栄えですので、かくりよの宿飯もチェックされている方には貴重な一冊になるのではと思います。色々な意味でオススメです。

　そしてそして、浅草鬼嫁日記はもう一つコミカライズがありまして、コンプエース版の連載が月刊誌にて始まっております。

　なんと『浅草鬼嫁日記　天酒馨《あまさけ》は前世の嫁と平穏に暮らしたい。』というタイトルで連載されております。本編やビーズログコミックス版とはタイトルが違うので要注意です。こちらは馨が主人公として描かれており、少年漫画としてアプローチしております。

担当していただくのは、鳴原千先生《なきはらせん》です。馨視点で見る天使でかわいい真紀《まき》ちゃんと、馨の嫁愛と高まる不憫度《ふびん》を楽しんでいただけたら！

真紀と馨の日常の素朴な一幕が繊細に描かれており、鳴原先生の持ち味であるちょっと切ない空気感が大変心地良いです。ラブコメ度もアップしておりますので、コンプエース版もどうぞよろしくお願いいたします。

二つの雑誌でコミカライズを展開していただいておりますが、同じキャラ、ストーリーなのに、漫画家さんの持ち味やアプローチの違いで、こうも違う感じになるのかというのを楽しめて、本当に贅沢《ぜいたく》なシリーズとなりました。

読者の皆様にも、ぜひぜひ漫画で見る『浅草鬼嫁日記』を堪能していただけたらと思っております。


最後になりましたが、いつもお世話になっている担当編集様。

今回はかくりよアニメのスタートと執筆が被ってしまい、ヘタレな私のせいで大変ご迷惑をおかけしました。色々とスケジュール調整などしていただき感謝ばかりです。

またイラストレーターのあやとき様。コミカライズに伴い、表紙以外にもたくさんのキャラデザを描き起こしてくださいまして、本当にありがとうございました。読者の皆さんにも見ていただきたいくらいです。凛音《りんね》とかめっちゃかっこいいんですよ……っ。

また、読者の皆様。

今回もお手にとっていただき本当にありがとうございました。

友麻、いつもシリーズ小説を書くときは、まずは三巻を目標に、次は五巻を目標に、と越えるべき巻数、越えられそうな巻数を意識しながら物語の流れを考えたりします。気がつけば五巻は越えてしまい、まだまだ続けられそうな気配で嬉《うれ》しい限りです。今後も一風変わった、愉快豪快、時々切ない、そんなあやかしの物語をお届けできたらと思います。

次の巻は他のシリーズやコミカライズとの兼ね合いもありまして、来年の春頃と少し開いてしまうのですが、どうぞお待ちいただけますと幸いです。

ではでは、次の第六巻で皆様にお会いできますように。

友麻碧

お便りはこちらまで
〒一〇二―八五八四
富士見L文庫編集部　気付
友麻碧（様）宛
あやとき（様）宛

富士見Ｌ文庫

浅草鬼嫁日記《あさくさおによめにつき》　五
あやかし夫婦《ふうふ》は眷属《けんぞく》たちに愛《あい》を歌《うた》う。

友麻《ゆうま》 碧《みどり》

平成30年8月15日　初版発行

発行者　三坂泰二
発　行　株式会社KADOKAWA
〒102-8177　東京都千代田区富士見2-13-3
電話　0570-002-301（ナビダイヤル）

印刷所　旭印刷
製本所　本間製本
装丁者　西村弘美

定価はカバーに表示してあります。

KADOKAWA　カスタマーサポート
［電話］0570-002-301（土日祝日を除く11時～17時）
［WEB］https://www.kadokawa.co.jp/（「お問い合わせ」へお進みください）
※製造不良品につきましては上記窓口にて承ります。
※記述・収録内容を超えるご質問にはお答えできない場合があります。
※サポートは日本国内に限らせていただきます。

ISBN 978-4-04-072855-1 C0193　©Midori Yuma 2018　Printed in Japan